尋宅

◉裴在美／著

聯合文叢 648

目次

【自序】

追憶，現實與幻象

裴在美

其實，每一本書都是作者與世界和人群的一次對話。小說，在看似虛構、想像無邊的後面，其實是作者無法逃遁的真實自我和內心。

這恐怕是我寫過最讓我無法釋懷的一本書，最沉重和疼痛的一本小說，或許，也是最瘋狂的一本小說吧。

我一直在追究，在反覆思索，心中無法放下。我想要寫這個地球上自己最深知的某一島嶼某個角落的過去與當下，關於童年，過往，死亡，傷逝與歡快，現實和幻象以及當下的種種錯亂，交復衍生而成的故事。

當然，這是一個有關尋找房子的小說。

尋宅，就是尋找一個住所。除了尋找當下的住房，尋找家，尋找愛，尋找一個身分，同時也在追索某人一生的情感和記憶。小說裡有兩個宅，一個是主人翁郭哥在找的房子，一個是他成長中的舊宅。

郭哥，這個一輩子生長在臺北東區的小中產階級，拿的是中產階級的薪水，滿腦子中產的思維意識以及中產的行為舉止，卻無法在現下的臺北買一套合於中產階級水準的房子。原因除了房價，還有就是他堅持要在城中，而且必須在東區。

*

我曾經住過許多房子，在不同的國家和不同的城市。也曾經買過好幾幢房子。時間把新屋變成舊居，於某個轉折點上，它又從我的手裡變賣成他人的新居。留給我的，是那棟屋子從整體到細處；從它歷經我們的故事；到居住期間的時光和記憶。

許多年前，我在臺北內湖買下生平第一套房子。沒幾年，我賣了它，出國。從此爾後，在臺北，這個我出生長大的地方，我再也不曾有過房子，也沒有了家。

等我回過神來，如同小說裡的郭哥一樣，一心想在臺北，尤其是他最熟悉、從出生長大便扎根於此的東區、買一間屋的時候，卻驀然發現，這裡已經不是我們這種階級所能負擔得起的了。

這是一個關於中產階級的小說，特別是臺北早期的中產階級。卻在回顧和敘事當中，無可迴避的袒露出這個階級的脆弱，文化上的附庸。然而，它卻是郭哥以及眾多我們成長生活的土壤。

這也是一個尋找家的小說，另類飄泊和離散的經歷。但他卻無法確切指出家是何時崩散的。

*

臺北東區，信義路四段巷子裡一幢黑瓦木造的日本房子是我最早的記憶。

整棟房子全是手拉門木地板和榻榻米，外加一個滿是熱帶花樹，植物不停生長的大院落。夏天梔子花的強烈香氣和尖銳刺耳的蟬鳴在幾棵遮天蔽日老榕樹的氣鬚間遊竄。家門口有一條小河，牽牛花放肆爬滿臨河的籬笆，蓋過部分屋頂，蔓生到屋脊。豐厚的莖葉蔓藤如桂林山峰般在籬笆上奇異的隆起，並在那些綠色奇峰上綴滿圓點般的紫花。我們戲稱它是巫婆的家。

院子後側是一片漫生梔子花樹的廣袤野地。殖民時代曾是鋼鐵廠，後被日本人拆遷一空，能帶的都帶走了，只剩一個偌大的鋼骨架和大油櫃矗立在哪裡。廢棄多年的空地長成一片茂密的梔子花林。其後，林木被砍淨伐平，在鄰里熱切的好奇中，蓋起一座嶄新、美輪美奐的市民住宅區。

當我還是個懵懂小學生的時候，從大人口中聽到一個新穎、激發想像的詞彙：中產階級。我立即將它與這個社區人們的新風格連繫到了一起。

這個新興中產社區便是小說主人翁郭哥舊家的所在。

沒多久，母親給我們在這個新社區裡找到新鋼琴老師，讓我們一直以來斷斷續續的鋼琴課得以重新上路。

鋼琴老師就像小說中郭哥的鋼琴老師那樣「曾受日本教育，是個身形高大，前額被豐厚頭髮覆蓋的中年男子，異常溫文有禮，甚至帶有些許靦腆。……手指在琴鍵上熟練飛舞，綿密的音符大水般從他指尖流瀉。」

同樣的，我們鋼琴老師的太太也是「一個白皙瘦削的女人。印象中，她總露出白皙的手腕，腰間繫著圍裙。她的手指細長，像是永遠停不下來似的，不住做這做那。偶而在藍老師教琴的空裡，他倆低聲交談，用一種他們未曾聽過的語言。

姊姊說：那是日文。

……

正式上課時，老師問起他和姊姊：你們是哪裡人？（這是那個年代初初相識的人少不了的一句問話。）

……

老師突然抬起眉毛，睜圓了原本單眼皮的細長眼睛，似是非常之驚訝。……怎會這麼巧？他琢磨著。世界真小啊，小到幾乎無法擁有隱私，越想隱藏，便越有可能被人知曉，被人發掘。

喔。老師臉上露出難以體會的表情，但他不再說甚麼了。低下頭去，開始教琴。他高大的肩膀垂落，像是載負某些中年人無能語之的沉重。」

於此同時，母親和新興社區的裡一些同鄉女眷們成為朋友，不時聊天走動。她們都有家有兒女，其中有較母親年輕的職業女性，也有與母親同齡的家庭婦女。

當她們聊天時，我則一旁靜靜聆聽。

內容偶有驚人片段甚至不幸，包括當事人的遣詞用字以及聆聽者的表情反應，都令童年的我無法忘懷。小說中郭哥父母及其家庭的種種遭遇，乃是當年那個社區所留下的記憶。

因此，無可避免的，這也成為一本揭露生活與傷痛的小說。

*

居住國外的這些年裡，我一再因禁不起情感和記憶的催促而時不時回到臺北。

每一次的返回，就像看著一個不在自己跟前長大的孩子那樣，每見一次都感覺又長大了好多，有許多不一樣了。每見一次，孩子的想法做法都變得跟從前大不一樣，變得時而令人驚艷，時而驚詫。

臺北的女人，男人，他們的衣裝，談話，消費，習俗習性與習慣，形成一種獨特格調的時尚和文化，不管是魅力或令人生厭，都讓人難以忘懷。我對這一切著迷，無法將它自心中驅除，必須以某種反饋的方式投射出來。

至於臺灣的電視，媒體和政治，更像一塊超強的磁鐵，讓人無法抗拒，無法不被吸引，而不得不與之唇齒相依。

這種種現象在我腦中形成一個對應現實卻又不全然符合現實的想像，帶有強烈剖析現實欲望的想像，有些近乎瘋狂甚至於充斥五彩氣味與畫面。只是在梳理和映照現實的同時，我卻無法不浮想聯翩，更無法不浪漫。好比小說中的郭哥，總是對自己所知不多的女人生出幼稚但無比美妙的愛情想像；將鋼琴奏曲與舊日時光做情感的依附和連結。

這也使它成為一本追憶往昔與對照當下的小說。

*

某個天氣晴好的下午。我忐忑地悄悄走進那個曾經一度氣宇軒昂如今卻斑駁老舊的社區。目之所及全是陽光投影下的破敗，比對往日的興旺，以及在此發生過一切的一切，種種人事物輪番來襲。就像小說中郭哥那樣，我「還來不及從現有的景象和輪廓中找回過去的記憶，已沒來由感到一股壓抑得極難受的硬塊湧上胸臆。整個人被這突如其來的情緒席捲，任由感情的洪流沖著走。……他以不易讓人察覺的手法快速拭去眼角的淚水，怔忡往前躑躅幾步……」

歷史總是傷痕累累的。

對很多人來說，如同小說中的那句話：

只有不幸是真的，因為幸福都構築在夢想上。

這本小說能得以出版問世，要感謝周昭翡總編輯，多虧她的耐心與理解。

感謝兩位少年時曾滯留澎湖的孫法彭、陶英惠老先生，為我講述當年流亡學生在澎湖的劫難與親身經歷。

一。與核桃晚餐

1

他想約核桃共進一次晚餐。

核桃是他的室友兼房東，不是他的女友，至少現在還不是。

他很感激核桃讓他分租這麼棒的一幢東區公寓。

或許除了感激，他心底還流淌著自己不太敢更不願意去證實的東西。

他從沒交往過像核桃這樣的女人。

她跟他以前認識的女生都太不一樣了。

其實核桃這樣的人或許才是這個城市裡的多數。

是他。是他自己，獨獨自外於世界的多數。

好吧。就這麼定了，哪天來約核桃共進一次晚餐。

2

轟轟鋃鋃……捷運快車遠遠閃著一盞超亮的大燈疾駛而來，帶著臺灣夏日天空一貫乍現的轟然巨雷壓境聲勢，從他臉前電光石火般閃過。

不到一分鐘，眼前空曠了。轟隆之聲遠去。

他舒了口氣，自己一切完好，沒有發生跳下車道的意外。隨之，竟有撿回一條命般的竊喜。

大亮的燈光底下，車道壁上幾張巨幅攝影廣告昭然犀利：**名牌衣飾　新款iPhone　護膚保養系列　捷運轉乘便利　GO回扣信用卡**，這一幅幅串連起來，詔告著全套幸福生活指引。

庸俗。一個徹底庸俗的消費世界。他心想。

他早已習慣對這些華而不實的廣告做到視而不見，如常上車下車、接駁、轉車，隨著人群在磨蹭中上了電扶梯。這列緩緩上升的隊伍，就這樣突兀地出現在樓上大廳商家的一面大鏡中。猛一看，倒像是一排人整齊立於金字塔一側的輪帶上似的。也就在這時，鏡中映出一個巨型看板，想不看都不行。

低於市價　購買舊公寓翻新　如同豪宅

他站到看板前，明知它是廣告，腳卻彷彿生了根一般，被那張布置得明麗舒適的家居照吸引到不行。

挑高屋頂　採光極佳　散發溫軟鈍光的木質地板
白色鑲木窗框　湧入大量濛濛日光的窗戶和陽臺
線條稜角俐落而平整的牆面
開放式的廚房飯廳與客室
花崗岩盥洗台
歐式厚玻璃浴室組合

這不正是他長久以來的夢想？先用有限的自備款買一套老舊中古屋，再精打細算以壓得再低不過的預算將之從裡到外悉數翻新。這樣一來，不就可以擁有一幢恍若新屋的房子了嗎？

其實，他要的也並非這些表象，他也不在乎房子是否非如此高檔不可。自己想要的不過是，要怎樣說才好呢？他搔搔腦袋，也不過就是一份符合自己中產階級身分的產業欸。

自己生在這裡，長在這裡，一輩子都生活在這裡，拿的是中產階級的薪水，更別提滿腦子中產的思維意識以及中產的行為舉止；卻無能力在現下的臺北買一套合於中產階級水準的房子。這簡直根本就說不過去。

是的，擁有一間屋。一間符合中產階級水準的住所。

但是，一定要在臺北，而且必須在東區！

因為這裡是他出生長大的地，他的家。他越想越來勁，越想越激動：這裡，對，就這裡，曾經同他一起經歷過天堂和地獄，並且持續經歷著天堂和地獄，他的根，他的地……

然後他發現自己詞窮了，他不知道該怎麼來陳述解釋說明這一切。

他想要拿出點甚麼來證明。對，就這裡，在這捷運站的地下道中，拿現在他站立的這個座標點來說好了，他粗略估算了一下——往上直通若干呎，即是離他們舊家不遠；那棟最早紅十字會大樓的所在地。即使那棟牆面上標示著紅色大卍字的紅磚老樓老早老早——若非他幼稚園便是小學時代就已拆除。但拆除歸拆除，記憶卻是鮮明且確鑿的。

這時他腦中開始自動而快速的大量湧現舊日的街角景象。記憶之浮現有如細菌的分裂滋生，恍若電影鏡頭的淡入，動態的街市建築人車鼎沸逐一顯現。一個角落喚醒周遭的角落，一個區塊連結四周圍的區塊，星火燎原般急遽在他腦中呈現出一廣袤區塊的動態，氛圍，氣味，聲息，熟知的人和生活，乃至於一整個世代。

他被這些畫面大量訊息帶出的情緒點燃。他站在那裡，被輪番洶湧而來的記憶影像圍攻，思緒跌宕起伏。

……菜市邊雨布棚下的攤販，塵土飛揚的馬路，踩踏過的田埂奔跑過的野地，定睛注視滾滾流逝的河水，安東街河畔覆蓋整片牆面蔥蘢的綠葉，潮水氾濫的琴聲，透過玻璃洒下濛濛天光的樓梯，所有走過的路徑，種種發生於此以及持續發生著的悲劇喜劇和鬧劇……

他怯生生的站著，感到大浪來襲之波濤洶湧，於此同時卻又無能排除一種徹底的孤立無援，無助和無望。

他不知道要怎麼來陳述解釋說明這一切。

他想大喊大叫，想要全體人類知道：這裡是他出生長大的地，他的家。曾經同他一起經歷過天堂和地獄，並且持續經歷著天堂和地獄。對，這裡，就這裡。

他來來回回反覆叨叨唸著，彷彿有一肚子冤情不知要往哪兒投訴。茫茫無助中，興起一股要哭的衝動。

他感覺自己像是個有理說不清滿腹委屈的孩子；站在人來人往如織如梭的車站電扶梯口，被身邊一群行色匆忙的捷運客包括一個穿極短的熱褲妹和一個長相猥瑣的揹包男當成一根柱子那樣毫不在乎的掃來撞去。

他亟欲於滅頂之前抓到一根浮木，視線再度瞄準了那塊巨型看板的一角：

稜角優美的花崗岩盥洗台旁，青中帶藍的歐式玻璃浴門半開，大鏡中反映出白瓷浴缸

搭配造型優雅錚亮的不鏽鋼水龍頭。

這一瞬間，他做出了決定。

對，非在臺北東區找到一處他能買得起的房子不可。

不論怎樣老怎樣爛，無論是否要花光他所有的積蓄外加三十年貸款，不管是在哪個旮旯哪個窟窿溝裡，反正一定得在臺北，而且必須在東區！

他的欲求從未如此強烈。他需要一個永久固定的住處，一個無論在法理上物理歸屬感上都合於家的定義的所在。

你要的是一個家，不光是房子而已。小哥在電話那頭說。

我的房子就是家。他回道。

家是你的希望，夢想。這就好比說，地球上有些貧困地區沒有乾淨的食用水，擁有乾淨的水對當地人來說根本就是一個夢，即使那是人最基本的需求，但沒有就是沒有。就像家之於你一樣。

你放屁。

小哥卻像是看透他心思似的：即便你去把舊家買回來，也不是咱過去的家了。

他沒好氣：快沒電了，掛了啊。

良久，才發現話機根本沒開。他手裡攥著電話，有些不知所以。

＊

走進這片公寓區，霎時感到時間在這裡停了擺。

頓時驚訝於馬路的窄小以及四周建築的老舊，不只是陳舊，還有多年塵灰累積的烏漆嘛黑和骯髒。

一個穿著破舊的痀僂老頭，另有一隻不知是不是他的癩狗，倆傢伙大剌剌的在馬路中央晃蕩。

他還來不及從現有的景象和輪廓中找回過去的記憶，已沒來由感到一股壓抑得極難受的硬塊湧上胸臆。整個人被這突如其來的情緒席捲，任由感情的洪流沖著走。好不容易在急湧中把持住，胡亂抓住一隻固定的竿子，才沒讓自己在波浪中滅頂。

他以不易讓人察覺的手法快速拭去眼角的淚水。怔忡往前躑躅幾步後，這才想起來此的主要目的。

找房子。

有間看來一度裝潢得還算像樣但無疑早已潦倒的飯館；雖大亮著日光燈卻無人問津，更別提此刻正是東區午飯人潮當應大量湧入的時段。櫃臺後隱約有個蒼老的人影，前廳一個胖大姨正拿著蒼蠅拍子追殺桌面上飛舞的蒼蠅。

他簡直無法想像，這些在太陽下顯得如此不堪的舊樓當年也曾氣宇軒昂煥然一新過。彼時——時間彷彿以光速朝後飛躍——剛建好的樓房牆面還透著潮乎乎的水泥味兒。這整區巍然聳立的新興住宅，在附近一片低矮的日式房子與克難瓦屋以及破落的違章建築中（不，在整個黯淡老舊塵灰僕僕的臺北市區當中）顯得是那樣的氣象萬千，摩登而現代。

記憶中，這條馬路是寬闊嶄新的。在當時臺北許多街道都還是石子路甚至泥土路的那個落後年代，這麼寬敞、光滑平坦的新建柏油路面，在所有社區中並不多見。

這條路的最前端與大馬路相交處是一間美髮廳，甚麼名字他忘了。不過，他倒是記得當時所流行的一種香港女明星髮式。額前稍許瀏海，髮師先將頂上的頭髮用倒梳遍頭刮過，再噴上膠水將其塑成高聳的鳥巢式。

母親就是這樣的髮型。她在銀行有份很好的工作，有個令人尊敬的職位。一天兩次，她頂著蓬鬆而俏麗的明星短髮，身著套裝手挽提包，踩著高跟皮鞋在這條馬路上格登格登從容而過。

社區裡的男人大部分都西裝革履，頭髮也是整齊油亮的。不止父親如此，包括這區其他的上班族也都如此。小哥騎著他法國製五檔變速的新腳踏車拉風的來去，一天中總要在這條馬路上來回晃蕩好幾回。姊姊麼，每天必定穿著女傭燙洗過的制服，大半時候她都不揹書包，只在臂彎裡抱上幾本書，那樣的高來高去。一週有好幾個下午自己跟鄰居的孩子在草場上踢球或打野戰，所謂的草場其實是一片堆積木材的剩餘地（大馬路邊原是一家木材廠），儘管如此，也夠平坦廣闊的了。

而如今，他費了好大工夫才辨識出當年堆積木材所在的可能位置。哪還有甚麼草場可言？一群層次高度年齡均不一致，擁擠不堪的樓廈七醜八怪的攤到馬路邊上。

至於這條馬路，完全像是縮了水。說實在的，它不過也就是條寬點的巷子，哪裡夠得上馬路的資格？

他靜立原處，魂魄穿越時光。這個角落的樓上經常傳出豐沛的琴聲，每回行經此處，都因縷縷不絕琴音的煽動而佇足聆聽。即使他對鋼琴和曲目絲毫沒有任何概念，卻屢屢被樂聲中承載的大量情感以及他無法理解的音樂所帶來的美妙所激動著。

我也要學鋼琴！

他央著爸媽大聲說。

他們不理會，加快步子繼續前行。他跑上去扯住他們衣衫的一角，耍著賴強逼他們答應。

眼前浮起鋼琴老師有力的手指在琴鍵上熟練飛舞，綿密的音符大水般從他指尖流瀉。老師那樣專注，平時極度壓抑的人在此一刻逕由彈奏傾巢而出，身體跟隨手指在琴鍵上的舞動而搖曳，頭髮如振翅的鳥羽在額前飛甩。

初上鋼琴課，母親帶著他和姊姊同去。

老師是個身形高大，前額被豐厚頭髮覆蓋的中年男子，異常溫文有禮，甚至帶有些許靦腆。他說自己平日在信託局上班，講起來，竟與母親是同行。他們彼此交換著好奇的目光和友善的微笑，談話中甚至提及同業裡相知的熟人。

正式上課時，老師問起他和姊姊：你們是哪裡人？（這是那個年代初初相識的人少不了的一句問話。）

山東。

老師突然抬起眉毛，睜圓了原本單眼皮的細長眼睛，似是非常之驚訝。

山東人有那麼好吃驚的麼？1949 年從大陸撤退來台的山東人何其之多，龐大的軍公教加上眷屬還有為數不少的流亡學生，極有可能是所有撤退來台省分中人口之最。難道老師他不知道嗎？

他確實不知道。在他認識的山東人裡只有他的妹夫（應該是前妹夫）以及那個人（唉，要怎樣說才好呢）。而這倆學生家裡竟也是山東人，怎會這麼巧？世界真小啊，小到幾乎無法擁有隱私，越想隱藏，便越有可能被人知曉，被人發掘。

喔。老師臉上露出難以體會的表情，但他不再說甚麼了。低下頭去，開始教琴。他高大的肩膀垂落，像是載負某些中年人無能語之的沉重。

*

母親都是這樣找房子——到要租屋的附近去看張貼在電線桿或拐角牆上的紅紙租屋貼條。還得要挑晴天，否則雨水會把紅紙與毛筆墨汁沖刷得有如鮮血淋漓般無法辦認。

他們搬了很多次家，半年十個月，或一兩年內總會搬動一次。但總都在大安區這一帶。直到他們買下這裡一層全新的公寓後，才終止了那段漫長搬遷租屋的過程。

果然，電線桿上有幾幀「雅房出租」的廣告。不過都已改用簽字筆寫，更多的是電腦打印。他迅速將未在電腦上看到的廣告重點一一抄下。

及至於掉頭往回走時，理智才逐漸恢復，開始認真猶豫起來：難道真要在這個社區租房子？

若找到自己真敢搬來住嗎？看看這每一棟樓吧，全烏漆嘛黑像煙燻過。不只是殘破敗落，它根本已經被這整個世界遺忘。遺忘還不打緊，其實更像這座城市一個慢性滋生的腫瘤，非開刀徹底切除不可。

行經那間門可羅雀的飯館前，本想進去隨便叫點甚麼，順便跟老闆打探一下這裡的房市行情。

看到他，胖大姨立刻停下左右開弓的蒼蠅拍殺，熱情招呼：進來坐呀。

他瞥一眼油膩的桌面和四處飛舞的蒼蠅，才走到門口已經怯步，他趕忙朝胖大姨擺擺手掉頭走了。

不出十幾步路的光景，便是過去那間西點麵包店的舊址。曾經，每天早晚兩次這裡散發出令人無法抵擋烤麵包香的誘惑，是他最為甜美的記憶之一。每學期的野餐以及每週的麵包西點零食都從這店裡出爐。這家有個奇怪的名字，不就叫「順天堂西點麵包店」嗎？怎麼以前都沒發現，這名字真的很日本味哦。

如今，它已改成一間髮廊了。髮廊裝潢新穎明亮，一切正常。彷彿解除巫咒似的，一走到這排騎樓，每間店家的生意都不惡，人來人往的，而且光鮮敞亮，格調氛圍完全跟得上時代的節拍。

也就在這一秒間，一個炫炫發亮的點子在他腦裡炸開了：

都更。

是的，都市更新計畫。

他在捷運站下面的星巴克找了個位子安頓下來。買了三明治和咖啡，打開筆記電腦。他一邊猜測市府的網站是否會有這個社區的規劃資料？比如都更計畫以及拆遷時間甚麼的？

不都是這樣嗎，最壞的一翻身就變成最好的，而且絕對要比當年他們那套市民住宅還要恢弘，還先進，還傲人，還了不得。

像是：全部電腦操控的安全和家電系統。人在辦公室，打開手機便可透過視頻看到自家房內，看見孩子和保姆的活動。只消按個鍵便可啟動或關閉冷暖氣，開燈關燈，拉開或關上窗簾，開啟或關閉電鍋烤箱等等。

他沉緬在這幅令人陶醉的遠景中。對。擁有一塊房子。自己的房子。像售屋廣告上的照片那樣：白茫茫的光線從半遮的紗帘長窗透進，光潔的原木地板，全新錚亮的廚廁設備……他的嘴角不自覺浮上微笑。尋思是否應該趕快下手買一戶來投資？只不過，如已有規劃好的都更方案，這裡又是東區黃金地帶，價錢絕對不會便宜，哪怕它現在還爛得像腫瘤。

3

回到暫住的公寓，沒見到核桃。

已經過了八點。這才意識到自己似乎在等核桃。

她說過晚上有飯局麼？好像沒有啊。

此時忽聞門上剝啄聲：

郭哥，你在嗎？

核桃不知何時回來了，已換上T恤牛仔褲。

幫我拿垃圾出去好嗎？

可不是，街上垃圾車正傳出「少女祈禱」的樂聲。

他跟著她衝進廚房。為了切實響應「垃圾不落地」的政策，他們倉皇拉著幾包垃圾跑出門去，站在對街等待垃圾車的到來。

他倆在路旁比肩而立，旁邊熱熱鬧鬧全是出來倒垃圾的街坊。在商家與車群燈光的耀照下，核桃傻笑著，偶而飛他一眼。想必，當時自己也是傻笑著的。

車來了。他們將垃圾袋一一丟上車去。

不對。給我！

核桃搶去他手裡那罐剩菜湯飯，轉身跑去倒進公家的餿水桶裡。然後回來，拉起他手一同過街回去。

一下子他被弄得有些迷糊。哎那光景，不像夫妻像甚麼？

這事的後座力頗強，他開始沉溺於有如真實的聯想之中不能自拔；既滲透著甜蜜又恍若垂手可得。實際上卻甚麼都不曾發生，也許永遠不會發生。但想想怕甚麼？是說如果喔，某日他若真和核桃這樣的一個女子結了婚，不，就是核桃，就是她，並且就住這間公寓裡。他們的生活極可能就是這樣的，過著平淡卻安祥的居家日子，一起牽手去倒垃圾，同吃同睡，無波無瀾。對，說不定她也有同樣的願望，做著跟他同樣的夢也未必？所以才會自然而主動的牽起他的手來，像挽著自己的老公那樣。

卻在次日醒來後，從他與核桃客客氣氣地互道早安開始，他明顯感覺兩人之間的生分和無形的距離。

或許，自己應當表現得更明確、主動些。女人不都喜歡男人很 man 的嗎？

矛盾的卻是，約核桃晚餐這件事雖然在他腦子裡已成定局。時不時，他卻會生出怪異的恐慌，感覺這決定似乎有欠周全，來得有些倉卒，莽撞，不大靠譜。他甚至隱隱預感到可能因此而帶出某種，嗯，某種始料未及，尤有甚者無法收拾殘局的後續。

那會是甚麼呢？

終於他分辨出這可能就是所謂的約會焦慮症。

他不斷告誡自己要放得淡定。約會，乃至於談一場戀愛，都是再正常不過的，就不要多想了吧。

＊

他倒臥在床，心神迷離恍惚。七七八八的思緒蕪雜叢生，繞著轉幾圈，終究還是回到買房的主題。他開始不斷回想他們舊家，那個老早就被這個繁囔世界遺忘的老舊社區。胸中無端充塞一股未能釋放盡淨的壓抑情緒；即使有未來都更藍圖這道興奮劑在那裡發著酵。

在那舊區裡，一個頭髮梳成上世紀五六〇年代那種油不啦嘰一絲不苟的傢伙，帶他去看了一戶舊宅。那老傢伙整個看來像一把乾柴禾，臉上更是瘦到皮貼骨，一絲肉都沒有，以致他那乾巴的唇齒部分連帶讓人想到昆蟲的口器。

瘦子便用那口器向他發話道：

我就中意租給你呀。因為你單身，又沒孩子。說到這，驀然咧開一個怪笑，一口菸薰牙，嘴角拉扯到耳根。

見他不語。口器男又說：你可以四處去比比，像這樣條件的房子不多的。真是這樣的呀。

過了會，口器男像是做錯事跟誰道歉似的：

我們這裡麼，雖然老一點、舊一點、採光差一點。你知道的，以前的房子都不講究這些，但房子蓋的**絕對**是牢固的！要不，它也早就不存在了你說對吧？都幾十年啦，真是這樣的呀。

口器男慢吞吞鎖上那道油漆斑駁的鏽鐵門。他們一路從樓梯間下來。口器男一邊用手勢比比戳戳（其中頗不無得意）：那，你看看，這樓梯間都固定有打掃，所以你看還乾淨吧？

都算在管理費裡頭是吧？

哪——

口器男把「哪」字拖成很長的賞聲——口張得老大，要活活吞下一隻老鼠似的：都我們住戶自己輪流當班的呀。每隔幾天就打掃一次。

他太熟悉這個形式的樓梯間了。那片高高的玻璃長窗，以及由毛玻璃窗口透進的濛濛天光。這團溶溶的光源，常常沒來由的左右著他心情的好壞。那許多年，當他每一次走出家門下樓，接觸到這團溶光的那一刻，往往是決定一天情緒好壞的起點。

像過往那樣，他反射性抬頭尋覓那片濛濛天光。

這就是了。瞬間，他感覺心頭像被甚麼揪起似的。

他的眼光溜過天藍色的木頭窗框，灰色磨石子階梯依舊，依然是紅色硬塑膠的樓梯扶手和黑鐵條欄杆。

看著那階梯。他看見了那個蹲坐於此哀慟哭泣的自己。月光透過那片高高的玻璃窗漠然照在他抽動的背膀上。多少個靜悄的午後，寂靜的月夜，濛濛天光幽冥洒下，他無聲的壓抑啜泣轉為悲戚的抽搐。

您，怎麼啦？

對方大張著的口器依稀由渾沌而漸漸聚焦，清晰起來。

他神智回復過來。將眼光再度停留在梯間的扶手上。

此刻，他不得不按捺住一股強大的衝動，才沒就此跑去蹲坐階梯上痛快的抽泣，像過去他少年時那樣。

他抬頭望向濛濛天光，想要開口詰問，卻喃喃不知如何。

耳邊聽見口器男不斷囉囉嗦嗦：我們這裡住戶都很自愛滴，誰也沒亂放東西像甚麼鞋櫃狗窩破盆爛罐，不像有些公寓連個下腳走路的地方都沒有您說是吧？

下雨天，沒地方可跑可玩的時候，他和小哥便待在這裡玩圓牌，打彈珠，交換化學玩意兒或這或那的遊戲。

瞬間，他被一種似曾相識感籠罩，感覺小哥正靠著樓梯牆犄角，像往常一樣低頭專心數著圓牌。

小平頭低垂，眉頭蹙著，緊抓一疊厚厚圓牌以拇指快速推牌另隻手靈活地點數，嘴巴一開一闔似是唸唸有詞，聲卻小到幾乎聽不見。

他故意打斷他：我想要尿尿。

小哥抬起頭來忿忿掃他一眼：討厭噢，害我又要重數一遍。

快點去啊。小哥說罷，歪倚著牆角繼續專心數圓牌。

但是，沒有。樓梯牆犄角是一團烏漆嘛黑。

空無一人。

眼光往上移：粉牆不僅滿布溼霉，潮氣更把牆面弄得這裡那裡鼓凸出成腫塊。較低的牆上還有一些汙漬的手印。

他長吁出一口氣。心想：真是不用布置都可以拿來拍恐怖片了。

長窗木框也有些剝落。一塊玻璃上面的三道裂縫用膠帶黏住。至於那氣味，不知為啥比屋裡來得更要難聞。

他忽然沒站穩向前踉蹌一步，險些摔著。

原來是某一級樓梯的水泥缺了個角。

您沒事吧？口器男半點不肯放鬆：怎麼樣，現在就訂下來？

我考慮看看。

押金給您減半！

我知道，你說過。

我就中意你的呀，因為你單身嘛。

這句話一再重複地說，令人產生怪誕的聯想。

我老實跟你說了吧……（口器男驚恐的張大眼睛，害怕他萬一口出甚麼驚人之語。）

我其實是想在這買一棟舊屋，等將來都更的時候……

他琢磨著說出本意：但如果真想買在這個社區，我覺得不如先來租住一下，也才知道究竟合不合適對吧。

您英明啊！對方仿效著電視劇裡太監的諂媚表情。

我再給你電話好了。

啊？不租啊？

他做了個打電話的手勢，跟口器男擺了擺手。

他一直這樣仰臥床上。不斷回想一些有的沒有的；過去的現實的；關己與不關己的；以及那個老早被這個新世界遺忘的舊家社區。

或許，那甚麼新興中產階級壓根兒就是個不靠譜的神話。起碼，在那個落後得還是到處塵灰爆土三輪車腳踏車塞滿大街的年代。

但是，他的記憶卻不容抵賴。

曾經，那裡嶄新而遼闊，一派欣欣向榮。三層高樓，雙併式現代化的水泥建築。住戶幾乎清一色的工商界，約莫有近百戶人家。

也就是上世紀六〇年代中期，臺灣出現了他們這樣一批新興的中產階級。這些人雖不見得有多闊，但能買得起臺北城裡的新公寓，說明工作和收入都在一般之上。由於年紀較輕而且不靠公家吃飯，自然形成一股新風格。這不僅反應在他們的生活方式上，甚至滲透到穿著打扮、行事舉止和舉手投足。

比如說，平日裡他們總是西裝、香港衫、洋裝、套裝，整體的西式裝扮，只有偶而逢年過節才應景地穿一回棉襖、長袍和旗袍。不管他們祖籍哪裡來自何方；不論本地人或外省人，他們一律都說國語也盡可能的用自己說得最標準的國語來交談。

他們寧可週末全家去郊遊看電影逛街購物，也不願關起門湊在屋裡打通宵的麻將。寧可夫婦倆去學跳交際舞，也不願去聽歌聽戲。寧可在家看報下棋修葺屋子（或打橋牌），也不去無謂的請客應酬湊興。不用說，最受他們全家歡迎的電視節目當然是美國影集和脫口秀（蘇利文劇場，神仙家庭，七海遊俠，太空仙女戀，法網恢恢，妙賊，大力水手，菲力斯貓，米老鼠，查理布朗等）。

學校旅行前一晚，所有的父母帶著孩子上「順天堂西點麵包」買次日的野餐。在買之前，他們總不忘問一下孩子：買起士麵包好呢還是沙拉麵包？咖哩餃還是小西點？魷魚絲、豬肉乾還是牛肉乾？當大人小孩意見分歧時，大人總想說，好吧好吧反正一年一兩次的事，最後的決定權往往總在孩子。

這就是他童年一度擁有的幸福生活，也是父母成功的寫照。或許，讓他深深著迷回味不已的不只是過往的幸福和豐足，還有身為這個城市第一代中產階級所見證的如許風采吧。

他們買的是二樓。剛搬進來的時候，整棟大樓還透著潮乎乎的水泥味。他好奇地撫摸浴室亮滑的天藍瓷磚，新奇瞪著天藍色的洗面盆和洗澡缸——連馬桶和馬桶座都是天藍色的。

媽媽臉上糊著一團夢幻的光：咱們真買上房子了。

爸調侃笑道：是啊，房子都買了。咱不回老家，也不用反攻大陸了。

他們大夥兒說著笑著，前擁後簇地爬到頂樓上去。

哇，好大，簡直像學校的操場。

多遼闊的視野。

他們直誇天氣好的時候從這裡應可一路望見總統府。

夏天晚上可以來這裡乘涼。媽媽說：平常麼，種上些花草樹木，多好。

空中花園！小哥喊道。

他感覺這詞實在棒透了。小哥真天才哩。

父親一向話不多。他在本地一間日光燈製造廠幹經理，上班時間比一般人晚，有時下班回來大家都已經睡了。

而後，突然某一天，毫無預警地，他從他們的生活裡消失了。

父親愛在黃昏或夜晚到頂樓去抽煙，特別是週末。一抽就是大半天，吃飯時候到了，母親派他們去叫老爸下來，有時小哥，有時是他。

老爸坐一把自己拎上去的凳子，隱沒在黑夜裡。只有煙頭那一點火紅，時明時暗。他總都那麼一句回話：知道了。馬上下去。

這個「馬上」有時卻要好長時間。等到飯菜都變涼了。

父親離開以後，他常產生一種錯覺，老覺著他還在頂樓抽煙似的。特別是晚上在燈下做著功課，或吃飯的時候，感覺好像母親馬上就要開口叫他們哪一個去叫父親。

也或者他們已經去叫過了。老爸不說他等等就來嗎？是啊，他隨時都可能進屋來。

但是，沒有。

父親徹底離開了。他再沒走進這間公寓。

4

他琢磨著要約核桃晚餐這檔事一直在心裡犯嘀咕。不時的在腦中繚繞，揮之不去。

公寓旁小公園邊上有一家看起來十分精巧的西餐廳，是拿整棟住家改建的。原本的兩道外牆改裝成落地式的法國門，厚實帶稜角的玻璃門內看得見鋪有粉色桌巾的小方桌以及插花和蠟燭，後面有個藏酒豐富的吧檯。

就這家吧。他想，用走的就可以了，免得搭車麻煩。

臨走，他再睇一眼那間完美的店面改裝。把原本普普通通的一戶住宅牆院硬是搞出一間餐廳來，真不簡單呵。搞不好這套精緻厚重的法式玻璃門窗還是進口的呢。

*

父親帶他們去中心診所吃西餐，有的時候是他們全家，也有時只有帶他。為甚麼要去中心診所（那分明是一間醫院嘛）他也不甚明白。然而父親說，那兒的西餐是極好極有名的。想必是如此罷，在當年一切都還尚未開發的臺北，能吃到不錯的西餐館子必然寥寥可數。

首先是烤香的小麵包，小瓷碟裡分別裝著牛油球和紅灩灩的果醬，將其抹在熱烘烘香噴噴的麵包上。有一道濃湯，法式洋蔥湯或茄汁牛尾湯。主菜通常是表面炸得酥脆金黃，內裡軟嫩不帶刺的魚肉。有時是燉牛肉，或椰汁咖哩雞。這些如今看來最普通的中式西洋快餐，在當時對他們而言卻是別具風味的頂級西式佳餚。

這種場合母親永遠穿戴高雅，除了沒戴上一頂別緻的呢帽外，其妝扮簡直可比擬英國皇室的女眷。她一手稍稍傾起湯盤，一手將剩下的湯汁一匙匙技巧的盛起（這套禮儀不知她是從哪兒學習來的），不徐不疾優雅地送入口中，最後喝得滴點不剩，真是功力過人。老爸這方面就差些，不過看他兩手刀叉交織運用起來也頗得心應手，很快就把盤裡的食物吃個精光。

媽輕聲對老爸說：別這麼狼吞虎嚥的。

接著她又叮囑他們：西餐一定要把盤中食物吃完，不然不禮貌。

我不要吃這個酸酸的菜。

那給我吧。老爸說著便舉起叉來把那一坨拌菜撈進他自己的盤中。

不行不行不可以這樣。媽急忙阻止但已經來不及了。自家吃飯又沒旁人，哪那麼些講究？說著他將三個孩盤中剩的那些拌菜悉數一一撈去，用叉划進嘴裡吃得一絲不剩。

她只得低下頭去，以餐巾輕拭嘴角（真夠英國淑女氣欸）。

這時，穿著燙漿白色制服的侍者，手裡擎著起冰霧的玻璃水瓶給他們的杯裡添水來了。夏日炎炎，鋪著粉色桌巾與絲絲沁涼的冷氣餐室外頭，隔著一道法式玻璃門，是一片柔嫩的綠色草坪。

有那麼一陣子，父親喜愛買整條切好的土司，牛油和果醬回來。那通常是週末下午，他肯定是路過「順天堂」抵擋不住烤麵包香味的誘惑。他一進家門便吆喝孩子們趕快來吃。或在路上招引到他和小哥，在兄弟倆的簇擁下高舉著麵包果醬彷彿戰勝的獵物般。

他們幾個像幾隻幼獸圍著一隻剛被捕弒的獵物那樣迫不及待的吃將起來。他看著他們貪婪的吃相，笑著，發自內心。這恐怕是他見過父親最快樂的笑容了罷，即使年節似乎也沒見他那麼高興過。但他總不久留，不一會就上頂樓抽煙去了。母親通常那個時間也都不在家裡，她一定是到路口美容院花一個長長的下午做頭髮去了。

他因看到父親那樣的笑容而竊喜，但竟會感到些許陌生。是他少有高興的時候？還是他不習慣表達情感和情緒（特別是以笑容來表達快樂）？

他也不像其他的老爸那樣愛在孩子面前當（逞裝）英雄。他甚至從不在他們面前偽裝強大或刻意隱藏自己的膽小。

每每當他聽到收音機或從報紙上看到有甚麼人被治罪之類的消息時，總是猥瑣地低下頭頻頻嘆息：真是，唉，要命噎。

但父親實在並非猥瑣之人，尤其是他的外貌，常有人讚他長相好，誇他帥氣，說他像上世紀四十年代好萊塢影星亨弗瑞賈伯。確實有些神似，那兩道濃眉與糾結的眉心，以及他的長形國字臉。

父親本就是個沉默寡言偏向陰鬱的人，也或許天生性情如此。但好像有那麼一陣，他忽然變得開朗起來，比較常笑，而且臉上煥發著一種光彩。母親說，你爸的工廠準備設新廠子了，到時候大概會派他到新廠去上任。甚麼職位？大人雖沒明說，但從臉上滲透喜津津的表情中，他們感覺到了一種即將高昇隱密而喜氣的訊息。然而始料未及，還沒等新廠蓋好，老爸便捅出比天還大的一個漏子，家裡先是一團亂，繼之劇凍，接著他便無聲無息的消失了。

牛油果醬土司的週末下午點心很快就不再受到全家人的歡迎。實在那東西吃多了不僅太過飽漲而且入口也變得極乏味。姊姊第一個站出來說澱粉油糖吃多容易發胖。小哥則說他早吃膩了。母親也表示這類高卡食物會耽誤正餐。

老爸臉上訕訕的，反覆喃喃辯駁：都是有營養的，有營養的啊，怎麼就能耽誤飯呢。但說歸說，之後他也就再沒買過。

大概唯有他仍懷念果醬土司，甚至感到若有所失。

他在蚊帳裡不住輾轉。眼前出現他們幾個貪婪如幼獸圍食獵物，老爸站一邊開懷露齒而笑的光景。

小哥惺忪喃喃道：你別一直動，老實點。

他別過頭翻轉側身，只覺喉頭胸口堵得慌。

良久，當再轉過身來時，小哥已睡著。均勻的鼻息持續起伏。

一隻蚊子不知從何處鑽進帳子，不住在他臉面上空低空迴旋，嗡嗡示警。寤寐之際他幾度欲起將其殲滅，卻在極度累疲邊緣徘徊而無力趨之，終至在遠近縹渺的嗡嗡聲中逐漸失去意識。

＊

下班的時候，他又特意繞過小公園邊上的那家西餐廳。這巷內其實有兩家西餐館，但這家看起來要精緻些，也更高檔一些。每天都有人把菜單以工整的粉筆字寫在小黑板上，支架於路邊門口。他留心看了幾回，發現每天的菜色幾乎很少重複。但奇怪的卻是裡面的客人總也不過一兩桌而已。這使得他不禁心生警惕起來。在經驗裡，只要沒甚麼人光顧的館子十有八九，不，是十有十次非上當不可。

或許週末客人能多些罷？怎麼都沒注意到呢。嗯，肯定是自己沒留意。這麼精緻設計的餐館又在東區優雅巷內，週末哪會沒人光顧？

那好。就挑個週末晚上來約核桃好了。

他欠核桃人情，即使只是暫住，也已住了一個多月，接下去還不知要「暫住」多長時間。這間位在東區中心弄巷裡的寓所，寧靜清幽，房子方正而寬敞，採光明亮，室內面積足足三十坪有餘。不用說，當然有電梯。拐角是片綠蔭濃郁的小社區公園，再走三個街角便到捷運站了。就在他最需要一間房子的時候，碰巧一個多年未連絡，但還算有些交情的朋友介紹了這個機會。

你急著找房子，幹嘛不早說？阿江毫不見外：有幢房子你可以先搬來住著，沒問題。

阿江當日便帶他去看屋。

這是公寓裡除主臥室外最大的一間臥房。格局方正，一排窗對著大樓的天井以及對面樓廈的住戶。唯一的缺點——如果非要派它一個缺點的話——就是少了些日照，卻也沒了討厭的西曬問題。而且裝有冷氣。床桌椅櫃一應俱全。

一時之間他有些不知如何因應這飛來的好運，大覺承受不起。

這裡的房租恐怕不便宜吧。

沒關係啦。你就租一間嘛，隨便付就好。

阿江一副非常大氣、沒計較的口氣和表情。他在溫哥華待了好些年，並在那兒結了婚，娶的是當地的華僑。

他看著眼前這個阿江，簡直有些不敢置信。那個若干年前曾在他手下的青澀實習生，因結業成績不佳沒被公司錄用，誰知如今竟混這麼好。

可講了半天，他才弄懂，這房子其實不是阿江的。屋主去了國外，阿江與屋主的弟弟是朋友——哎，你就甭管那麼多了。阿江說：反正你來住沒問題就是了。

事情太過順利反讓他感覺有些不大靠得住。

其實也還好啦。阿江說：總是跟人合住麼。

想想也是，合住總不像獨住那樣方便。

但不管怎樣，這等條件的公寓，誘惑力實在太大，他完全無力拒絕，即使需要合租，合租的人還不知道是誰。但合租就合租唄，又怎麼樣嘛。

特別是，在這個天價的東區，這樣的便宜的月租簡直就是人情價。

與阿江碰面的隔日，他便搬進了新公寓。

那種感覺真有點怪。明明是住到人家家裡，傢具啊的甚麼東西都一應俱全，而且還都滿高檔的。卻只有自己孤伶伶一個人寬寬爽爽住著整幢的公寓。他感到有點心虛，彷彿自己是個入侵者，甚至更像個闖空門的小偷。對啊，這等美事，為甚麼偏偏降臨到自己頭上？或許，嗯，難道自己就不能有走運的時候嗎？

好在他也沒心思多想，一心只顧著體會身為東區居民的美好滋味。

實在是，幾天生活下來，確實有煥然一新之感。這個他生活了一輩子的臺北，彷彿突然間提升了似的。搬進新公寓後的生活——說作夢當然太過誇張，不過感覺上，還真有些像在這個城市旅行作客的味道。

他發現自己有些甚麼不一樣了，他甚至感覺這個自己生活了一輩子的城市，逐漸變了樣，變了氣味似的。

現在即使他照常搭捷運上下班，卻經常會有種頭一次搭車的奇妙感受。他想要找個位子坐下，動作竟變得拘謹禮貌起來，像個乍到此地的旅人。不住輕噓著「對不起」「借過」「謝謝」之後才輕手輕腳的落坐。

當他看到車上有個空位，前面卻站了個人沒落坐時。他不像從前那樣身子一側屁股一蹭便技巧的搶先坐下去。反倒趨身向人禮貌問道：

對不起，我可以坐這裡嗎？

他感覺自己真的變了。他不再跟人去做無謂的計較；也不會像從前那樣趁搭車之便趕緊打個盹；更無視公眾場所不知羞恥打起呼嚕來。他不僅坐得中規中矩，甚至開始逐一欣賞起車廂內張貼的各式廣告（包括以前覺得多此一舉和不知所云貼在車廂裡的現代詩），連對那班平時總讓他感到無比厭煩的乘客（特別在車擠時與他磨來蹭去的人渣）也顯露出不曾有過的友好和耐心來，更不用說讓座老弱婦孺這類的事了。

總之，現在的他，彷彿進入到一個角色，在想像中扮演起一個跟這間公寓以及這整套閒適生活氛圍絕對相配的一個人物來了。

每天早晨，他只消走那麼一小段路——穿過社區濃蔭的小公園，拐個彎，便轉上寬闊馬路的綠蔭人行道搭乘捷運。

下班回來，無論下午還是早夜，臺北的這個角落總洋溢著一股特別美妙的情緒。即使滿街都是忙著趕搭公車回家的人群，魚群般的摩托車和飛馳的轎車計程車。即使捷運的聲響和霓虹燈影讓人眼耳不得寧靜，可這一切非但不吵嚷雜沓混亂，對他來說，毋寧還更具一個高檔城市的格調。

特別是，有那麼一排設計精巧的商家與咖啡館，歐式麵包店精緻的鏤花玻璃門外，不時散發出誘人的烤麵包奶油香。

瞬間，他感到某種相似，亟力想要捕捉空氣中瀰漫的那股若即若離的幸福感。他抬起鼻子不住地在空中嗅聞，企圖藉由那絲熟悉的好聞氣味重新回到過往。某一剎那幾乎就要捕捉到了，可瞬間它又稀釋渙散在車群的煙塵氣味中。他感到失望至極。不想，那味兒忽又繞道回來，撲鼻而來，比方纔的更加濃郁，更不可抵擋，跟記憶中的那道奶油香也更近似。對哦，那根本就是不折不扣「順天堂麵包店」下午烘麵包時發出的味道嘛。

這時他也顧不上面子，更不管是否有人嫌他擋道；只管中流砥柱般站定人行道上，任時光穿越，開始認真追索一縷縈繞於三四十年前的珍貴氣味，哪怕他看起來像極了一隻仰著鼻子在空中不斷嗅聞的獵犬。

5

他屋中坐著。無端的，竟然聽見琴聲。

乍聽之下，或以為是電視音響之類。再一細聽，馬上分辨出是練琴來。

好熟悉的琴音，如此清新，跳脫塵俗。是巴哈的練習曲麼？

喔，是前奏曲1號，C大調，取自《溫和的鍵盤》第一冊 The Well-Tempered Clavier, book 1。

彼時，他有一本薄薄大大的琴譜，淡薄荷綠的封面，上頭印著 Bach ，當時的他，還是不識英文字母的年紀。

每個星期六的下午，姊姊和他去學鋼琴。鋼琴老師姓藍，幼時曾受日本教育。他是個沉穩而且沉默的中年男人，有著一頭並不十分漆黑，褐栗色的頭髮。練琴時他前面的頭髮因甩動而自然搭下，到信託局上班時，則將那一頭褐色茂密的頭髮往後梳得光潔整齊。

鋼琴老師太太是一個白皙瘦削的女人。印象中，她總露出白皙的手腕，腰間繫著圍裙。她的手指細長，像是永遠停不下來似的，不住做這做那。偶而在藍老師教琴的空裡，他倆低聲交談，用一種他未曾聽過的語言。

姊姊說：那是日文。

每個星期六的下午，他盼望著。在練琴聲中，從二樓的窗口看著她走進社區，順著那條馬路走進隔鄰栽植的葡萄架下，一路跟著的是太陽塑成的她的黑影。

總有數秒鐘吧，她和她那移動的黑影被伸展出院外的葡萄枝葉與藤鬚隱沒。

然後，身影再度出現。

他聽見她上樓的腳步。接著是電鈴。他總要搶著去開門。

是她，果然是她。

好乖。她說，盈盈一笑。有時會摸下他的頭。

她叫幸子，是鋼琴老師的幼妹。

經常，她坐在沙發上靜聽女兒葳葳練琴。彼時葳葳只有六七歲，是個瘦瘦的小不點，卻已能彈很複雜的曲目。

葳葳坐在鋼琴前，整個人好似附著在鋼琴上，人琴一體。雙臂以及兩手有力的在琴鍵上舞蹈跳躍。短短的直髮任意甩動，飛散。

幸子拿出手絹輕輕擦拭額頭與腮旁的汗珠，雙膝靠攏，兩腿斜斜交叉。

她是一個非常好看的女人。豐厚的，栗色大波浪的短髮，皮膚如粉色的蛋殼，細膩滑亮。

她有一種綢緞般的優雅，但卻不失稚氣（淘氣？）以及掩藏不住的青春活潑。彎彎的眉毛覆著圓圓淺褐的眼睛，笑起來時嘴角牽動兩腮呈現美麗的豐盈弧線。

她真的是一個非常好看的女人。

有一兩年的時間，幸子盤據他的內心，像一株匍匐地面紮根很深的植物那樣牢牢生長，不停的壯大。

而後，某一天……

琴聲無端停了。

他回過神來。等著，期待它繼續。

良久，不再響起。

馬路上傳來不真切的叫嚷和嘻笑。

從此，他開始留心並盼望聽到公寓的琴聲。

＊

許久沒見著阿江了。

剛搬來那會阿江還三不五時便跑過來坐坐。平日他一個人清靜慣了，如今生活裡突然多出個人來，聽阿江東拉西扯的也頗解悶。有個晚上阿江來，談得晚了，乾脆在公寓住下。次日起床，並沒見著。等他下班回來，發現阿江已經走了。

頓時，竟有些悵然。

本來他絲毫不覺著這房子空寂，只是寬爽。現在阿江一走，他竟感到有些慊慊的，做甚麼都提不起勁來。

有個晚上，阿江忽然說來就來，順手帶了個家庭號的特大披薩，毫不見外從冰箱取出兩罐啤酒。他因晚上吃得隨便，那時竟然感到餓了，兩人便在客廳痛快吃喝起來。

不是說好跟人合住的嗎？你那朋友甚麼時候回來？

應該快了吧。阿江說：沒關係啦，房租我來幫你談。

他看阿江有些欲言又止，心中不免感到蹊蹺。但阿江不主動明說，他也不好多問，免得人家誤會他擔心房租。反正等房東回來，若有不合適，再搬就是了。都熟人，想必對方也不會難為他。至於現在，當然能住多久算多久囉。

這樣一想，便放下心。當下往椅後一靠，輕鬆啜起啤酒來。

本來啊，是她弟來跟你分租，現在麼可能這位大姊自己要回來住了。

即使阿江說得非常一般，好像沒啥大不了。但他還是驚覺起來。

應該稱小姐才對啦，因為她還是單身嘛。你們各有各的臥房衛浴。分租應該不成問題啦。

他愣了半秒。對啊，在美國念書那兩年，不都是男女合宿舍的嗎，何況現在都這把年紀了，還有啥好惺惺作態不適應的。

於是他灑脫的說：要實在不行的話，就搬家唄。

放心吶，沒問題的啦。

他還想趁機再多打聽打聽，像是對方的年紀職業甚麼的。可阿江卻似乎想賣個關子，只跟他逗趣地狹狹眼，便轉移了話題。

好吧。說說你這些年都在溫哥華幹嘛？

賺錢哪。除了賺錢花錢，生孩子養孩子之外，再就沒別的了。你簡直無法想像國外生活—有—多—麼—枯—燥。

阿江擺出一臉無奈：這就是為甚麼老外都特愛旅行。但再旅到哪裡，你想想，還不都是家裡那幾個人嗎？回來臺北就完全不一樣了。在國外，只有在家盯看電視的份。到了酒吧，還是看電視。現在特流行那種真實情境秀 reality show，但一回臺北，你知道怎樣？發現——自己就在秀裡頭！根本不必看甚麼電視，反正電視也難看。

他摸摸頭，還真搞不懂阿江在說甚麼。在他看來臺灣電視滿好看的。尤其這些年，沒有不能說的話，他媽的人都自由瘋了。

那個曾在他心目中沒啥出息的阿江，現在竟越顯神祕了。他彷彿霧中看花，怎麼看怎麼不明白。

不過老外也有老外的好處。阿江很內行的說：比如你在國內泡妞，即便是個小三或逢場做個戲，她也要把你盯成她的唯一，好像不這樣就發展不下去。洋妞就不一樣，開始她就問你是一對一也就是我們說得單頭 monogamist 還是一對多就是所謂的多頭 polygamist，雙方都問清楚是不是逢場作戲 casual sex，是不是所謂的開放式 open relationship 也就是雙方都不是對方的唯一。很多老外看待性就像是肚子餓要吃飯，要選甚麼口味甚麼料理一樣。只有咱，整天愛啊愛的，還非得有愛才能有性，但其實又不真是那麼回事……

有趣的話題才剛開始，一通不知是誰的來電突然把阿江叫走。快午夜的時候，他阿江又來電話，硬是把他也給叫了出去。

＊

從回顧中——大部分事物在回顧中都有較清晰的輪廓甚而幾近透徹，唯獨這樁，即使是回顧；至始至終他都像是被蒙著雙眼似的，整個一片驚駭與霧煞煞。

那是一間夜店。甚麼街甚麼路的他還沒來得及注意，已經跟著阿江擠進夜店門口圍著的那一圈人堆裡去了。不仔細看還以為是國外，紐約，洛杉磯或舊金山之類。阿江看樣子是這兒的老馬，門口的保鏢一見，便放他倆進去了。一進門，震耳欲聾的音響立時撲上來。光線雖暗，卻不乏眩目柱燈和屋頂旋轉亂灑的光點。霹靂式的閃光更將人體動作支解成霹靂舞那樣的節奏。

一桌男女突然朝他倆大張旗鼓拍桌叫囂伸手揮舞。阿江與他忙不迭往那頭殺擠進去。桌上男女個個妖嬈魅惑，有如供著的偶像頭似的，人鬼不分妖氣冶艷加性感。大家胡亂輪流介紹一通，誰是誰完全聽不清楚，他倆擠進落坐。

要再不來我們就放你鴿子囉！

一個有對媚眼的女人，尖聲劃過地震般的音響，以放肆的撒嬌咯咯笑道。

再一看，他差點嚇傻，女人胸前那對巨乳，碩大挺拔有如兩隻巨峰聳立，巍峨得令人不敢正視，更彷彿它們隨時會突破胸前那點衣物火山爆發，乳汁如岩漿般噴灑，四射飛濺迸流。

巨乳伸出一隻胳臂環鎖住鄰座一個肌肉男的脖頸，拿起杯來便朝便他嘴裡灌去。肌肉男故做滅頂狀，頭臉左右搗竄兩隻手膀亂划拉，張開的嘴有可能正高聲叫好或大喊救命，只是在震耳欲聾的音樂下卻恍若無聲。

他輪視一圈，桌上竟無人對這對男女的動作有甚麼太大的反應，即使有人仰頭大笑，也徒有形而無聲。有人更是視若無睹，一對男女索性頭對頭的親咬，其他的人一概照常跟著音樂吼叫的吼叫喝酒的喝酒。

阿江找了個空子擠到巨乳身旁，才一落坐，她忙不迭拿起酒來便灌他。

他感覺心臟在胸腔裡被震得如跳霹靂舞，所有的喧譁都被地震般的音響壓蓋住了。他想要喝酒，來點烈的，跟當下這番燥動抗衡。

他叫的馬丁尼來了，他把冰鎮的燒辣液體直直灌進喉嚨。

有堆人貼著牆，不，是蹭著牆不停扭轉身軀，活像是跟牆在搞那個。

其中一個長腿女頗引人注目，正跟身邊的一個老外你勾我引，旋轉著身子，跳得有來有往。

霹靂燈光將長腿女的頭髮渲染成鸚鵡那般五彩斑爛。某一瞬間，他好像看到女人的長手臂對著他隔空指點，點的拋物線下端似乎正對自己。

他如同被點了巫術一般，立刻感到渾身疲軟恍神起來。

如此胡混將近一小時，加上喝下的兩杯雞尾酒，他感覺吃不消了。

阿江陪他散步到捷運站。他人尚在方纔的餘震中，還未完全恢復過來。看著阿江，似乎連眼珠兒都帶著笑，便忍不住催促：

快走吧。人家還等你回去哩。

阿江明知故問：哪個等我？

他在胸前比了個大波浪。

她叫 Sumi，生意做得可大了。看不出來吧？

哦 Sumi，他腦子裡聽到的好像是一種壽司。

這麼跟你說吧，是種特殊的、有關兩岸的買賣。

他聽著彷彿是一種壽司的做法，喃喃說道：快走吧，她等你吃 Sumi 呢。

看來阿江也有幾分醉了，大約是趁機出來醒醒酒。兩顴泛紅，笑津津的說：

晚不了，他們不鬧到半夜不會收攤。

雖然嘴上這麼說，阿江還是決定走了。但走沒幾步又站定，回過身，圈起手做喇叭狀大聲喊：Hey you, have fun man! 同時高高揚起手來跟他揮別。那模樣，活像個演技誇張的舞臺演員。

他不由得笑出聲來。

想起阿江說的：一回臺北，你猜怎樣？其實—自己—就—在—秀—裡—頭！

他越想越可笑，越笑越大聲。笑得不得不彎下腰去，就這麼笑成一隻渾身癱軟的彎蝦。他越想要止住笑站起來，越是兩腿鬆軟，不聽話，更是繼續笑到肚子快要抽筋。

這時，好像有人過來攙扶起他。

耳際卻一直有個聲音繚繞不去：Sumi……Sumi……

*

某一瞬間，他忽然清醒過來。他真清醒了嗎？其實他也無從辨別自己是否真的已經清醒了。

但此刻，他確實，一清二楚的，看見自己上身斜靠沙發，下身癱軟在地毯上，胸前的襯衫鈕子幾乎全開，一隻鞋不知跑到哪裡去了。

哦，這還是一張仿古法國路易十四式的錦緞沙發呢，四個木腳雕成獸爪狀。沙發左右各有兩張扶手椅，周邊立著幾張玻璃茶几，全都一個款式。

整間屋佈置的奢華程度遠在一般之上，決不輸給臺北頂級的豪華氣派酒店。只是沒酒店的商業化，也不像一般公共空間的大而無當。這屋雖寬敞，傢具擺設卻恰恰得宜，豪華中不失溫馨。他環顧周遭，最後抬起頭來，發現屋頂中央垂落一頂極其華麗的水晶吊燈，碎鑽一般的水晶在燈光下迷離閃鑠，耀眼而且眩目。

他感覺自己陷落在不知是迷醉還是傾倒之中，這一整間屋都沉浸在奢靡的夢裡。

這時，他竟然奇異地聞到了食物的香味，追索來源，那不是嗎？茶几上放著一個銀托盤，裡頭盛著好些五顏六色的小點心。他捏起一片魔鬼蛋來放進嘴裡。

嗯，嗯，味道好極了。他一連捏起三塊放進嘴裡，接著又吃了幾片鵝肝醬餅乾，幾隻燒賣，一個看起來類似蛋塔的東西竟是鹹的，哦，是法式起士派。一串紅葡萄，還有裹著糖衣的精緻四方小蛋糕。然後他感到渴了，拿起桌上一瓶礦泉水來直直灌下喉嚨。

吃喝過後，感覺周身力氣回來不少。他想站起來，兩腿卻不聽使喚的立即撲倒。他發現自己的腿仍舊癱軟無力，而且一隻腳上沒穿鞋子，不知鞋跑哪裡去了。他沒法，就只好用爬的。爬著爬著聽見旁邊廂房好像有動靜，便不自覺逕自往那裡去。

尚未進門，一股強大的異香撲鼻而來，他四下一探，迷香似乎來自角落那一口冒著白煙的香罈。屋內的燈光很暗，很低柔，且不知怎的，有股糜謎的感染性，讓人想就地躺下渾身酥軟癱暈過去。

一道如蛇般彎轉的阿拉伯音樂從暗中抖抖索索忽大忽小地游移過來，又抖抖索索地輾轉而去。

他感到一陣異樣的昏沉，眼皮似乎睜不開來，光線渙散迷離，忽長忽短。只見房中佈置奢華，一派暗紅流金，層層綴綴的曳地簾子，一頂巨人的圓紗帳由極高的屋頂瀑布般垂落，罩著一張如山般佇立的巨形圓床，流金的床單床褥迤邐在地，不住抖抖索索。床也在不斷抖動，嗯哼之聲不絕於耳。他支起上身抬頭往裡一望，竟被眼前景象震懾住了——

兩隻巨乳在空中劇烈抖動，左搧右擺，那兩乳尖紅灩灩活跳跳的，哦，他幾乎看到如火山爆發岩漿噴灑亂射出乳汁來了。

肉擊肉的呸啪聲響不斷節奏性的響起。他再定睛一看，床上赤條條的好像不止兩個，手腿胳臂身子叉叉壓壓堆疊好一大片。哇有好幾P呢，立時他腦門充血，不忍卒睹。

就這時，有人似是察覺異狀，喊道：是誰？哪個孬種？

他一縮腦袋，趕緊翻個身，乾脆平直仰躺在地。

就在這節骨眼上，竟然目睹一赤條男將身子倏然拔出，隨即亂射，其鳥之巨，無與倫比，肉紅肉紅的，簡直觸目驚心。

一時之間，床上響起此起彼落的呻吟，叫喊與笑罵……

在怦怦打鼓般的心跳中他趁亂匍匐爬出門去，不意在床底不遠處看到自己早先丟失的那一隻鞋（呃？難道之前曾在昏迷中來到這屋？）

他不及細想，隨即拾起鞋來，卻發現無手可拎，只好將它銜在嘴裡，一路往外快爬而去。

*

他不斷吐了又吐，到最後幾口，苦黃的膽汁都嘔出來了。

捷運站裡一個穿制服的年輕人過來，問他需不需要救護車，又忙不迭吹起哨子。另個穿制服的小伙子快步跑來，開始問他姓名狀況家住何處等等。

他勉強說出站名。不遠，再幾站就到了，他說，喝醉而已，不用救護車，我可以，我自己走，我行……

是來旅遊的嗎？住旅店呦？來旅遊就沒有健保囉？那救護車可能就不能叫了。

另個小夥子忽然開悟般：先生是從大陸來的吧？

最後他們幫忙叫了部計程車，把他弄上去。

他已不記得自己是怎麼回的家，怎麼開的門，怎麼躺到床上的。反正一覺醒來，他發現自己又活過來了。

他悠悠轉醒，逐漸，之前所發生的一切，記憶，有如照片在顯影液中，緩慢的，一點一滴的，顯現影像般從無到有，從淡漠到清晰，到濃郁，到鉅細靡遺填滿細節，甚至包括當時的氣息和味覺，也都一一回來。

他又聞到那屋中瀰漫的異香了，看見角落那只咕嘟咕嘟冒著白色氣體的華麗香爐。味蕾上似乎還殘留著魔鬼蛋鵝肝醬與起士派的好滋味，那派皮的香酥，鵝肝和起士在口中逐漸融化的細膩與濃郁。

次日，他終忍不住打電話給阿江。阿江卻一連幾天全都關機。他沒輒，只好留了話。留話歸留話，阿江不回照不回。

差不多一週後，才在手機裡看到阿江的短信：醒啦？恭喜！你大概喝錯別人的飲料了？！！那晚他們有人在嗑迷幻藥。抱歉喔。我馬上回加拿大了，再連絡囉。

那晚，是他錯吃迷魂藥後產生的幻覺？

怎麼可能？魔鬼蛋，鵝肝醬，燒賣，起士派還有方形迷你小蛋糕 les petits fours 的好滋味仍舊清清楚楚留在味蕾上。別的你還可以說是幻覺或虛構，但對吃的，他敢打一百個包票自己絕對不會混淆搞錯。只要經過他舌苔吃進他肚裡的東西沒有不清清楚楚記住那滋味的，哪怕是經歷怎樣的大災難山洪爆發地震海嘯或時光荏冉，他都能像刻印似的深鑄在大腦皮層上。嗨這些可都是沒法騙沒法編沒法抵賴的啊。

更可疑的是，嗯？阿江怎麼還沒等他開口，就知道他要問些甚麼？並給了他答案呢？

非逮到他好好逼問一個水落石出不可。

他回了條短信，約見面。但沒回音。他繼續一再留話，仍舊音訊杳然。他終於知道自己被消遣了。

他悔忿萬分恨得咬牙切齒，卻也莫可奈何，不然還能怎樣？要不寫條短信，狠罵他一頓：操你媽個真情實境秀！

想了想，終究沒寫。幼稚。

日子就這樣順流下去。

6

他又聽見天井中傳來的琴聲。

由寧靜而至磅礴，好像是蕭邦的悲傷曲 Tristesse。

老師似乎很喜歡彈奏蕭邦，而且一彈便停不下來，有時甚至耽誤了他們上課的時間。他低垂著頭，大手撫弄琴鍵，時而溫柔緩慢時而快速飛舞著，那般彈奏入迷渾然忘我的狀態，剛開始還真有點把他們嚇到。

鋼琴老師家有著很濃的日本味，即使跟他們同一式樣的公寓，也都同在二樓。但整體卻有那樣大的差異。溫潤深褐木的傢具，深褐的玻璃櫥櫃，深色亮漆的鋼琴，上面鋪一塊針織鏤花的白紗。褐木的黃銅座鐘，更別提日式裝飾和擺設了。

老師太太經常做一些他們從未見過的日本食品。如今想來，其實就是最普通的壽司銅鑼燒之類。

琴聲突然嘎然而止。他的心也霎時劇烈跳動起來。

自從那個詭異的夜晚之後，他隨時隨地幾乎是全然無助地；處在一種若有似無突擊性與偶發性的震顫與心虛之中。比如說吧，明明上班上得好好的，忽然一陣莫名其妙突突突的心悸來襲。任何時刻，洗澡或用餐當中，搭捷運或即將入眠之時，甚至睡夢當中也會驀然醒來，心頭一顫，耳邊有個聲音響起：

你參加過多P性派對！

好似被烙下烙印般，他覺得再也不是從前的那個自己了。

他固執的以為，那夜所有的一切都是真的。是的，真正發生過。怎麼可能不是真的呢？就算的確如阿江所說，那晚他喝錯了他人的飲料或錯吞下迷幻藥，但卻不能代表其後所發生的一切都是他腦中產生的幻象。

就這樣，他被一個無形屈辱的牢獄籠罩著，不知如何解脫，不曉得哪裡有所謂的解藥。直到某日，一樁突如其來的事改變了這一切。

那是一個星期日的早晨。

他剛從外面買了咖啡回來。一進屋，竟看一個打扮得頗為時髦的女人正悠閒的坐在客廳沙發上，旁邊擺著兩三個大小不一的行李箱。事情發生得太過突然，他一時還沒來得及轉過腦筋來。

我姓何——啊你就叫我核桃好了。

哦，哦。

他這才想起，原來是屋主回來了。

她淺笑著：怎麼樣，住得還習慣吧？

很好，很好。

她應該已經不那麼年輕了吧，但皮膚卻十分亮潔，笑容姣好，眼光流轉著伶俐。讓人一下子很難猜出她的年紀來。

特別是，她又擺出那樣一個服裝模特佯裝小女孩的姿態——手肘支撐在緊靠的膝蓋上，雙手捧著臉蛋。長腿從膝蓋處「人」字那樣岔開，穿高跟鞋的兩腳則擺出內八字形。果然核桃後來告訴他，以前她曾當過服裝模特。

她站起身來，即使脫了高跟鞋，身材仍舊挺立修長。她笑得盈盈滿滿，熟巧地把行李一一拉進屋子，身子都不用轉，只拿腳跟便踢上了門。

從她對付那幾只箱子的功夫看來，她應該是經常出門旅行的人。

＊

他靠站在弧形的陽臺上，眼光在雲霧中若隱若現101蘆筍樣的節狀高塔間游移。多麼奇妙。是核桃，對，是她。她的出現始料未及的讓自己的內心恢復了以往的平和正常。

其實也才發生在不久之前，卻彷彿是上個世紀的塵埃。

從回顧中，他意識到那個詭異的篇章，與其後夢魘般拘禁他內心那個無形的、邪氣的牢籠，已經被拋得老遠老遠，邈如塵霧。之前不時困擾著他的無助和驚恐，就這樣輕而易舉消匿得無影無蹤了。

＊

還好，他之前一直擔心同住不適應的問題並沒有發生。核桃的生活習慣和一切都還算得上自愛。唯有，她花太多時間在客廳裡，她喜歡像隻伏獸似的盤踞在長沙發上看電視，經常一待幾小時，或者她根本沒在看，只是習慣性的以這種方式消磨時間。她還特愛在客廳裡講很長時間的電話。這常常讓他感覺出出進進的有些不方便，猶有甚者，他覺得自己好像是個闖入者，硬生生直接打擾到她的私生活。

但核桃似乎並不在意。她還能一邊講著電話一邊跟他打著招呼甚至寒暄。

郭哥，早啊。

要走了嗎？那晚上見啦。

郭哥你吃過了嗎？喔，咖啡嗎？不用了。晚上我有朋友聚餐，啊你要不要一起來？

這些也就罷了。但有時候，他實在有種像是掉進《西遊記》蜘蛛精盤絲洞裡的錯覺。某日。他甫出房門便大吃一驚，一屋子的鶯鶯燕燕包括核桃在內，有躺有坐的，不下八九個，悉數陳列在客廳裡。把他簡直嚇到了。

喔，哦……。當下他進退兩難，想躲進房間去吧，卻已現身，而且正要出門。就這樣堂而皇之走出去不打招呼吧，好像又不太合適。

好在核桃立時幫他解了圍：不好意思，郭哥。有幾個姊姊來這裡黏睫毛。

如今，他已習慣核桃稱呼人哥哥姊姊什麼的。或許，在臺北大部分的人都這樣，只是他平時不大跟人近距離接觸，不曉得現下流行的這種稱謂習俗罷了。

於是他只有放出身段，好整以暇地，大大方方跟眾姊妹們打過招呼。現在，他也已習慣這些太太小姐們投射到他身上那種好奇探索甚至可以稱得上是八卦的目光。

打完招呼，這才看清一個婦人坐在沙發一頭的小凳上，拿著一隻輕巧的鑷子，把小盤裡盛著的一堆彎彎長長的散睫毛；一根根仔細地黏貼到躺在沙發上女子的眼瞼上。

看樣子，這些姊姊妹妹都是要挨著號來黏的。

這樣一根一根的貼上去，得花很長時間吧？他不禁脫口而出。

所以一起聊天看電視打發時間啊。

黏上去可以維持多久？洗臉洗澡要怎麼辦？

眾姊妹們一聽，都笑了。

婦人回道：能維持個兩個星期左右吧。洗臉洗澡沒問題啦。

核桃飄他一眼說：我的還可以更久，差不多一個月左右。

可不是？她的睫毛又長又翹。對啊，這麼長而捲的睫毛，怎有可能是真的呢？

不知是誰想出來的點子，興起這麼套玩意兒。但看來還真管用，別小看那麼幾根小毛毛，黏上去之後，這些女人的眼睛瞬間變得比沒貼之前要靈活嫵媚得多。

於是他打心底對核桃說：真是滿好看的。

會不會不自然？

還好哎。

他想起六〇年代女星貼的那種濃密有如小刷子般的假睫毛，隨口說道：

比起外面賣的那種假睫毛來，當然要自然得多。

眾姊姊們立刻一致歡呼。

這在以前，若遇上這種事，他肯定要尷尬上半天，還有可能心裡犯疙瘩，煞有介事地煩上一煩。現在嘛，他卻可以毫不在意。雞毛蒜皮有啥好放心上的？反而頗能以紳士的風度；雅俗不拘適度地與眾女士們聊上一聊。他都對自己開始刮目相看了。

有可能正是這種寄居、旅行的意識，讓他可以凡事輕鬆處之。反正是在旅行著嘛，自然也就用不上常態生活的規範了。

另外，他更發現，自從他加入進核桃的公寓生活後，自己逐漸回復到一個中產階級男人該有的閒適和氣度。也或者那甚麼中產階級的玩意兒只是他心中一個過度描繪的想像。但不管怎麼著，卻使他明顯的變得自信和自在起來，不像以前那麼侷促的放不開了。

＊

已經過了吃飯時間，核桃還沒回來。

晚餐的事，只好等明天再說了。

他無端神經質的警覺起來。最近以來，他發現自己時常有意無意關注起核桃的舉動和生活作息。比如，他在屋裡聽到前門的鑰匙聲，接著開門，然後關上。他這就立即反射性的豎起耳朵聆聽，配合著各種聲息，想像她換拖鞋，打開電視，去廚房打開冰箱，拿出罐啤酒或可樂，踢踢拖拖的回到客廳，把疲累的身體像拋一麻袋馬鈴薯那樣丟進沙發。想像她兩條長腿直直攤開在L形沙發上的慵懶景象，臉上木木然不帶任何表情（其實那才是她最真實的表情），兩眼直視螢幕，幾分鐘過去了，沒有任何聲息。哦，她的眼瞼漸漸闔上了，頭逐漸歪倒一邊，嘴唇微張，打起貓兒那樣溫柔節奏的呼嚕。喔，她睡著了。

當下他立即有股衝動，想出去拿張毯子給她蓋上。但自己並沒小毯子啊。那就拿件衣服也行，總之拿個甚麼東西幫她蓋上。

這樣好多次，想歸想，卻總未付諸行動。

終於，他大起膽子鼓足信心，跳起來從衣櫃裡抓出一件自己的風衣，拎著便打開房門。

他風風火火的衝出去，冷不防幾乎撞上裹著浴袍的核桃。

要出去啊？這麼晚？

他一愣：她不是應該躺在沙發上睡著的麼，怎……

呃……買咖啡啦。

他又立即轉身進屋拿了手機和鑰匙，倉促出門。

在超商裡他啜著燙嘴的紙杯咖啡，心下琢磨：自己這樣跟個女人同住一屋（還是稍有些姿色，雖屬胸大無腦型），畢竟不是個事兒。要麼就趕緊搬家，要不，就立刻找一女友。這兩件事不一直都是自己單子上的頭條、首要解決的項目嗎？但就是都還沒著落嘛。因為這兩樣都不好弄，且都是大事，輕忽不得的啊。

回到公寓，聽見核桃浴室響起嘩啦嘩啦的水聲。他遂往座椅後背舒適一靠，開始等待隨時即將飄送而來那一陣陣微溫的溼氣，氣氳中帶著清新洗髮精的馨香。

清新。

是的，這正是核桃給他的整體感受。過去，他從不曾認識像她這種類型的女人，所有她的一切，包括圍繞她周身的人和事事物物，連話語和口氣對他來說都是新鮮的，不斷激起他的好奇，充滿了故事。

他不覺想起今早的事來。清晨，他還在床上迷迷糊糊將醒未醒。

忽聞一陣悅耳樂聲，原本的睡意被叮叮咚咚的音樂驅走。爬起來到客廳一看，沙發桌椅俱已移置兩旁，核桃一身日本和服，妝扮得猶如一名藝妓，手執小扇，正跟幾個姊妹練習日本舞。

郭哥，不好意思吵醒你了嗎？我們等下要去文化中心彩排，現在趕緊練習一下。

有表演？

義務的啦。

這時，他索性靠站門框不走了。眼前的這個核桃，隨著音樂的節拍，扇子半遮面。先碎步向前挪幾拍，再往後讓幾步。向左移下，向右挪閃。柔韌的腰肢，體態輕盈，美妙轉個圈。高翹蘭花指。手中小褶扇忽地開了又闔，闔了又開，恍惚如影，恍若蝶翅。

他看得有些眼花。或許，是有些陶醉。

此時他瞄見，碎細的汗珠從她的額角沁出，浸溼了耳鬢的細髮。

他感到既尷尬又恍神，不知該要如何收場，覺得自己站在這裡扎眼得很。到底是該進該退還是繼續杵在這兒？

核桃轉身之際眼波一飄掃瞄過他。一串碎步後，繼又轉身，眼神再度斜睨過來。

這樣明目張膽眼波飄來送去的讓他實在有些難以招架。

他遂慢慢退後，轉身，然後輕手輕腳作賊似的偷偷小步離去。

也或許，對核桃來說，他也是同樣新奇的某種異類？突然房子裡多了一個既陌生同時卻在不斷熟悉中的男子。低沉的嗓音，隨時散發一陣陣讓女性無法抗拒的男人汗味，說話想法總帶些稀奇古怪，有時甚至晦深莫測，有點令人詫異不安卻又無傷大雅，甚至偶有神來之筆讓人眼睛為之一亮。

這個想法更是讓他莫名的興奮起來。在交往異性的經驗中，往往一方若有某種感覺，對方的反應也差不多八九不離十，不是嗎？

只是一經想到交往上頭，他就變得有些憂心忡忡了。

自己了解她多少？為何（坦白說）這個核桃總給他一種不大靠譜的感覺？對啊，他了解她多少？

她是否真如她表面以及她表現的那樣單純？她是否真誠靠得住？

還有，她的性生活基本形態是怎樣的？是一對一呢還是一對多？（不要笑，現在一對多P的人多得是。）

自從聽過阿江那番關於性趣的高論後，就像生了根的野草，這一類的想法開始在他腦中蔓延叢生開來。

她的性傾向是怎樣的？異性戀雙性戀還是同性戀？

她的性癖好呢？有無古怪可怕的癖好？比如角色扮演／施虐／被虐？是否性變態？是否性壓抑？性冷感？無法高潮？亦或一切以性為依歸，性慾強大無比饑渴難耐？

就在這時，他的思路被陣陣溼暖清新的水氳氣息打斷。他忍不住抬起頭來，鼻翼不住在空中微微掀闔。周身細胞愉悅吸收這道芳香氣息的當兒，他放下方纔無聊狂野的思緒，臉上泛起喜孜孜的笑容。

對啊，還是把握生活裡的小確幸比較實在。其他的，啨，至於那麼離譜嗎？

少頃，他聽見她走進客廳的聲響。這才想起還沒跟她說晚餐的事。

要現在說嗎？

他把門打開一小隙縫。客廳的電視傳出英語聲。核桃總是看外語片，看來她對英語影片的世界頗著迷。或許她是想趁機學英語，起碼多習慣一下老外的發音也是好的。她不一天到晚都把加強英語掛在嘴上麼？對啊，要不怎麼去跟老外做進出口討價還價哩。

有沒可能她其實對老外有興趣？那種大手大腳渾身毛的大隻洋鬼子？

她不是曾經提到與人寫英文 email 甚麼的，那男的還來過臺灣。後來才發現他有老婆，還有四個孩子，小的仍在襁褓中，看來離婚好像不太可能。但核桃仍堅定的為此事特地去了一趟美國。回來之後想想兼任四兒保姆一職畢竟不是她的專長，而且這樣一來影響婚姻生活大了，雖說那樣英語會話肯定進步得飛快。

媽的這干自己何事？實在想忒遠了。再想就要到外星去了。

但也許她愛看外片，喜歡的是影片通過翻譯後的特殊韻味。那是只存在於中文世界裡的一種異國情境，直接聽讀原文反而沒這回事了。可卻誤導了很多人。他們通過外語中文翻譯的特殊情調，不知不覺羅織起一層虛構的薄紗。隔著這層朦朧的紗霧，來理解外國影片小說，事物與一切，甚至於國外的整體世界。

他想到簡艾，他過去的美國女友。簡艾後來跟他說，喜歡他，跟他交往，是因為他對她抱懷的那種異國想像。

真的？他有些難以置信：你們美國人不都流行說，我要你喜歡的是我，真正的我，我這個人。

你說的跟我說的完全兩碼事。她說：但也許那些美國人不懂，他們不懂得想像的性感。

後來他們終是分了手。異國想像很快就花光了，時間一久所有事物都回歸本質，兩人露出相互扞格半點都無法妥協的本性，如此只好散了伙。

*

幾乎每個星期天，核桃都會在後陽臺上洗衣。他房間的一面窗正好對著後陽臺。剛開始他為了逃避洗衣機討厭的轟隆聲響，乾脆帶著筆記電腦出門。

如果碰上核桃正在客廳臉上敷著一層面膜。她就會忍不住順便給他講講挑選面膜的訣竅，即使他一再言明自己打死也絕不會去貼那玩意兒。

不要太早下結論喲。核桃向他預言：

男人保養品市場馬上就要夯起來。我敢跟你打賭，不出三、五年 40% 以上的男生都會要保養，搞不好出門還會化妝哩。

這時他的發言必須非常謹慎，最好敷衍幾句無關痛癢的話就趕緊開溜，否則若他一不小心問了甚麼有關的問題（那無非表示了他對她護膚保養購物血拼知識的興趣或仰慕）她就會藉機牽引出一堆話外話滔滔不絕起來。好在有時她的話題也頗新鮮，讓他這個中產階級土包子大開一下眼界。

有次她說起如何在網上找到 LV 在巴黎香榭里榭大道門市部的大減價。

這當然是針對一般人。我的話就不用。她得意抿嘴一笑：LV 有甚麼活動都會給我發 email，因我是他們貴賓級的友善客戶啊。

甚麼？他說：光去巴黎的機票都可以買好幾雙LV的鞋子和包包了。告訴你，我都是在網上標得——就像拍賣那樣，可以訂到三成價的五星級旅館，再用航空公司累積的飛行點數，根本不用花錢買機票，就這樣輕鬆包辦來回。

那次雖然在寒風中排了兩小時長隊，十二月噎，不過還是大大的划算！你看，只兩百塊美金就買一雙LV的手工高跟鞋，多餘的錢和時間還可以觀光巴黎。你知道嗎（顫動著她俏皮的人工貼睫毛，神祕中帶幾分炫耀）我在香麝里榭人行道上的咖啡攤，還有浪漫的奇遇喔。

他心下一驚，甚麼時候臺灣人開始具備核桃這樣的消費水準？他感覺自己這個一輩子都圈在臺北盆地消費的傢伙簡直就是鄉巴佬。只知道有不少人就近到香港和日本去血拼購物，現在看來飛到歐洲美國也都不足為奇。他這個所謂的中產，其實根本是寒磣啊。

過去他還不確定消費力也可以成為一種個人魅力，如今琢磨起來，嗯，看來肯定是啦。尤其在這麼物質化的臺北。

＊

客廳櫃子上擺了好些包裝精美的過節禮盒。核桃笑意盈盈，說：讓我小弟帶回去給我爸媽的啦。

倒是頭一次聽她提到家裡。他心想：核桃究竟並非盤絲洞裡的蜘蛛精唷，人家不僅有家有底，還是個挺傳統顧家的女生哩，於是隨口跟她聊起來。

我們家原來是果農，有果園。

真的？

我小時候有去罐頭廠削過水果。甚麼水梨的啊，我削很快哦。

她邊說邊忍不住比起削水果的手勢。

他立即想起曾吃過的本土水梨罐頭，美美亮漆的梨子罐頭包裝浮上眼前。原來，那都是童工在做的喔。

你們家的果園在哪？

彰化員林。

啊你說員林嗎？

他大為驚愕。員林，怎麼會這麼巧？真是好巧喔。員林是他父母最早到臺灣落腳的那個小鎮。國立員林實驗中學，當年那所學校接收一批又一批從澎湖轉來的山東流亡師生。

那可是他父母在臺灣最初始也是最重要的一段歲月和記憶。真是好巧好巧喔。

對哦。他說：員林天氣好，出產水果，還有蜜餞。對不對？

嘿啊。我們家果園很大A。但後來一連幾個颱風來，好幾年收成都很差，就收了。對了，我們家還開過舞廳耶。

說著說著她便跑到客廳中央，嘴裡邊哼唱起來邊打著拍子，開始扭轉身子踩踏小碎步：

只要你試一遭　就知道恰恰妙　跳恰恰　多輕巧　咿呀恰恰　哎恰恰恰……

她修長的身子跳起恰恰來還真不壞。

還有扭扭舞！

立即，她彷彿背後扯著一條毛巾那樣，兩臂拉著無形毛巾的兩端，身子扭麻花螺絲般雙膝彎下，左右扭動，然後人一直向下扭，向地下鑽似的。

他忍不住笑彎了腰。

吉特巴！像這樣——她一個蛙跳到他面前拉他起來跳，他沒膽，屁股硬是黏貼在椅子上。

她轉了個圈，開始另一種舞式：A-GO-GO！

她唱起：喂喂喂　你說甚麼我不知道　嗨嗨嗨　不要提起明朝……

她的舞步舞姿開始快節奏的抖動，腰身一折一折，又抖又顫，頭往前一頓一探的，兩手上下平行打擺子，一下子又互轉圈圈，再拉張開來抖又抖。

……喂喂喂你給我甚麼　你給我甚麼我都不要　嗨嗨嗨只要歡樂今宵……

呦呴……靈魂舞Soul！她這次的扭擺頗引人遐思，雖慢卻扭幅很大，兩手水藻浮游狀，超性感的。她哼唱起一支七零年代的老歌：

Lovin'you is easy cause you're beautiful　making love with you is all I wanna do.
La la la la　la la la la la　la la la la la……. Dood'n　Dood'n　Doo Doo Ah ……

no one else can make me fell the colors you bring……

雖然發音咬字不準，但還是帶有那股散漫又超富幻覺的大麻味兒。

突然，她停下歌舞，長腿一伸，倒向沙發，不再言語了。

他有點受不住這滯漫的沈寂，開口說：現在還在開舞廳？你們家？

沒有啦。她拖著長長的尾音：很早就沒在做了。

半晌，她說：後來我爸把果園挖出來做游泳池。本來生意很好，超好的。結果淹死一個人，就關了。

她傻傻看著天花板上的吊燈。

他不知該說甚麼了。只好補上句：後來呢？

她轉過臉來睨他一眼，帶著笑意：我就來臺北啦。

＊

不知何時起，他不再在星期天核桃洗衣的日子裡帶著筆記電腦出門了。

如今，他更情願坐在窗下，假裝看電腦甚麼的。洗衣機韻律的攪拌聲也不再影響他的心情，甚至還帶著些許期盼。他留心傾聽洗衣機開始脫水的激流聲，然後是吱吱的快速旋轉，最後「噠」一聲，停了。

沒多久，核桃走上陽臺。她的第一個步驟是先把衣裳取出，放進一只塑膠籃裡，然後將膠籃置於腰身一側。她攬住籃子那姿態，讓他想起小時吃的葡萄乾紙盒上繪著的那個站在陽光下笑容可掬的採葡萄姑娘。

他邊吃葡萄乾邊聽父親說書：《封神榜》，《西遊記》，《三國演義》和《水滸》。老爸說等到他識字以後，要買整套東方出版社的古典小說簡易版，旁邊有小排注音的那種。「不認得的字你就用注音拼，到那時候就可以自己看小說了。」老爸看著他笑目赼兒的說。

老爸將他置於膝上，背後靠著他暖和寬大的胸膛。他感到極度舒適，攬住他身體的胳臂和大手益發暖熱。他的另隻手上，指端香菸火頭不斷冒出絲絲裊裊的白煙。即便熄了菸，仍舊聞得到他指間鼻息甚至周身散發出來溫熱尼古丁的刺鼻菸味兒。

几上放著一兩本舊得捲起頁角的《三國誌》或《水滸傳》。儘管書卷翻開，他卻看都不看一眼，更不照書說。

岔不了，你放心罷。都在我腦子裡呢。老爸說。

老爸提了又提：將來等你識字了，就買旁邊有注音的讀本，到那時候你就可以自己看小說了。

他倆俱等這指日可待的一天到來。

等著等著，終於他開始上學識字。一年兩年過去，他倆似乎都忘了這麼回事。等他某日突然記起時，父親已經離開了。

某個過年期間，當時他還在念小學。他壯起膽子，戰戰兢兢單獨坐公車到衡陽路的東方出版社。甫一到時，看著書店那氣派有些膽寒，及至於進到裡面望見整排熟稔的書名，遽然之間，父親說書的影音全回來了。他拿起書來，立時忘我的沉浸在過往說書記憶的故事中。那日，他拿整筆壓歲錢買下父親講過以及還沒講過的古典小說。他覺得這錢花得理直氣壯，他要幫父親執行他的諾言。

那以後，他就很少再吃葡萄乾。然而，核桃將膠籃置於腰身一側攬住籃子的模樣竟與葡萄乾盒上女郎的姿態是那麼的相似。

緊接著，她把衣服從籃中取出，一件件將絞緊衣裳抖開。高舉著勻稱的臂膀，將大件的衣裳晾在竹竿上，用衣夾夾好，小件的則將其夾掛晾衣圈上。他看著她身體一側的線條和兩條有力的臂膀，正交叉進行著這項勞動。要沒多久，便將衣裳悉數晾起，包括有如太陽眼鏡形狀的各色胸罩以及纖小性感的底褲（「維多利亞的祕密」款）都在天井清亮的天光底下飛揚開了。

*

記憶彷彿開出一個親臨的實境，有如一扇門。他推門，進入。

在那些凡常無慮的早晨，母親和他們都早早上班上學去了。只有父親，悠悠然吃完早飯，手中一份早報，閒散地喝著茶。電視似乎開著，不對，彼時電視節目只在晚間才有。那一定就是收音機罷。

這時他看到了父親。確實看到，而非記憶或想像中那種恍惚模糊的影像。在這一刻，他走進過去的家中，進入一個重現的過往，時空，氣味，光影，一切如舊。

父親正坐在客廳裡，手裡拿著份報。

此刻幫工的女傭買菜回來，她的名字叫翠珠。

她總是搽著桃紅色的口紅，嘴形狀似菱角。個兒矮矮的，有些胖，或應該說是豐盈。

翠珠身上有個味兒，她搽一種叫做「明星花露水」的東西。剛抹上的那會兒香味尤其濃烈，瀰漫一屋子強烈的異香，靠近時簡直有些令人無法呼吸。母親曾告誡過她「來做工不要弄香水胭脂甚麼的，不合適。」從此翠珠只在放假出門前才抹。但此刻，他確實聞到這股異香（肯定她偷搽了）。

就在他核對記憶中花露水味道的當兒，翠珠已把菜籃提進廚房，該放水槽該放冰箱的各就各位。然後到浴室把髒衣服拿到後陽臺，開始注水，取出洗衣板，一件件擦上肥皂搓洗起來。

趁著翠珠在陽臺洗衣服的空檔，他很想就這樣走上前去，在父親面前坐下。

如果這樣做了，會怎樣？包括以後所有的事就都不會發生了嗎？如果是這樣，那就趕緊行動吧，趕緊啊。

但他沒有。他很清楚無法改變甚麼。小哥說過，時間不會倒回。永遠不會。

表面父親像是專注於報紙，實則卻仔細聆聽周遭的一切聲響，配合著他所熟知的她的步驟和動作。突然，父親察覺到幾聲不大熟悉，想不明白會是甚麼的聲音，直覺使他豁然站起。眼光穿過客廳以及暗沉的飯廳和廚房，落到陽光下翠珠的身上。

她正使著一隻極長的竹竿，可能不小心碰上了牆壁或是熱水器之類的硬物而發出的聲響。她將洗好絞乾的衣裳，從竹竿的一端穿進去，這樣一件一件的把衣服晾起。她側著的身體以及兩條結實的臂膀，正合作無間地進行著這套勞動。豐盛的陽光把操作中身體的每一下抖動；悉數傳達給那雙盯在暗處狩獵者的眼睛。

就在這時，翠珠感覺到了。她轉過身，驀然發現父親站在那兒；正面地，毫不迴避地，望著她。

這一刻，父親遲疑並退縮了。他趕緊坐下，不安地咳嗽著，重啟閱讀。

但沒多久，他又抬起頭來，繼續他的定睛注視。然後，他再度站起，索性像捕獵者似地逐步挨近，擺明了一種索求的企圖。

然而不是，他只是去關掉收音機而已。

翠珠直直望著站在那裡的父親。她的眼光裡存在著某種鼓勵，默允和暗示。她望著他，明顯有某種熱切或期盼，雖然她甚麼都沒說。但看得出來，他們之間存在著某種互動，或是互動的理解。

他們不需要太多語言。根本他們之間語言就不通不是嗎，父親不諳臺語，翠珠的國語也不太靈光。

如此長久下來（日復一日的大量獨處時光），他們哪還需要語言？只要這樣交換幾個眼神，就足夠了。

他退出來，回到現下。那個過去的光影時空瞬間幻化消失。

若干年後，他遇到父親多年前的一位舊識。從他口中得知，父親後來娶了翠珠，並且生了一個弟弟。

那位徐叔說：當年你爸其實也是被逼的。

我是指離婚。因為你母親很強硬啊。離婚！她說，沒有絲毫轉圜的餘地。

我那時候就勸他：你可以去求，可以懊悔——裝也行演戲也行。反正長時間的跟你老婆磨。要不乾脆耍賴，硬賴著不走，就是不離，跟她拖。她能怎樣？拿棍子把你打出門去？不可能。即使要打，她也不萬萬打不過你啊。

徐叔不自覺舞動起臂膀做出格鬥的架式。

他感覺自己似乎被錯置在一齣電視劇中。

徐叔卻非常入戲，繼續很溜的說著對白：

反正用盡以上所有的辦法，甚至還可以發脾氣，埋怨她做得不夠，不懂如何對待丈夫（這時他換上一副電視劇裡丈夫責備妻子的嚴苛表情）。但下一秒徐叔馬上滑頭的露出一絲奸笑：你想哎，這樣沒完沒了跟她纏鬥下去，總有一天她會軟化下來地。

有一點確實給徐叔說中。畢竟生活是一條長河，沒有人能時時刻刻永遠鼓著氣不洩。一旦母親軟下來，他就有機會與她重修舊好，事情終會有過去的一天。慢慢大家都淡忘了，好像沒有發生一樣。

哎不就是一次出軌嗎，一個外遇，有那麼嚴重嗎？

7

這套拍攝熱帶叢林中各式各樣青蛙的紀錄片裡，背景音樂用的竟然是勃拉姆斯的鋼琴獨奏曲。曲子中音符的起伏巧妙配合著青蛙的跳躍。他不禁莞爾。

時過十一點，姊姊突然來了電話。

啥事火急成這樣？

沒啊。就是看看你是不是還存在。

妳甚麼時候也學學在文明的時間打電話好嗎？

他們姐弟倆就是兩個貧嘴的茬兒。講著講著他覺著肚子有些餓了。

要不去逛個夜市吧？雖說已近子夜，卻正是士林夜市最旺的時刻。

姊說行啊，吃碗白木耳蓮子湯，補補更年期。

及至於見了面，他大驚。她臉上竟然幾處青紫，貼著兩處小膠布，還有淤血。

別少見多怪，微整型啦。

這還叫微？人家會以為你被打的。

你管人家怎麼想，who cares。

他已記不清從何年何月開始，姊姊離家後不久？不，應該是離家後好一陣之後，那其實不只是離家吧，是逃家。她開始整容。最先是小小改造一下，割成雙眼皮。那當兒，正值臺灣外科美容整型萌發之始，緊接著社會上捲起一陣美容的狂瀾。姊姊不巧正面遭遇上這波狂瀾，就這樣她的臉就被莫名其妙的席捲了。她甚至交上一個美容醫師男友，義務幫她數度改造整形。整形這檔事兒大概是會上癮的。也或者臉上改了這裡，那裡就不般配對稱，也非得改改那裡不可。反正她越整越多，膽子也越整越大就是了。

姊姊逃家約莫一年後。某日，在離家有段距離的一個雜貨鋪子裡他見到她。第一眼他認為是她。但立刻開始懷疑或者那並不是她，因為不知哪兒看起來不大一樣了。但那女的跟姊姊又真的很像。

他望著她（不敢一下子注視得太久），她卻對他彷彿視而不見，完全不認得似的。待他再偷瞧一眼之後，終於否定了自己的想法，肯定是他認錯人了。買完東西，他趕緊夾著腦袋匆匆跑了。

一路上，他不住懊悔。那一定是姊姊，沒錯，是她，是她。

回到家，他將自己一頭闖進房裡，被錯愕和疼痛夾擊。他不知道這一年來姊姊都住在哪裡？她都靠甚麼生活？她還要在外面流浪多久？

他不住的回想方才那個女的，心頭湧上不明所以的灰冷和悲傷。他倒臥在床，用枕頭緊摀住臉，不讓自己哭出聲來。

一段時間之後，當他再見到姊姊，她已整個改頭換面。他必須憑藉記憶透過一層層姊姊臉上加工注射墊高的斧鑿痕跡，來還原記憶中原本的她的面貌。或者，通過想像除去層層加工，亟力找回斧鑿痕跡底下她原本的面容。

當他好不容易開始適應姊姊的新面孔時，往往也差不多是她另番改造加工的時候，他又得重新著手下一輪的更新和適應。

喂，你別老盯我看行不行？

對啊。我得好好看看記熟你的新樣子，免得以後碰到不認得了。

少貧嘴。

說吧。找我出來甚麼事？

你跟這個核桃現在怎樣了？

甚麼怎樣了。

但他越這麼否認便越勾起她的好奇。

你乾脆一了百了今天索性跟我交代個明白，免得以後我老拿這個來煩。

好吧。於是他用一種超乎細膩的口吻徹底描繪了這個新室友：

核桃是中南部來的，一聽她口音就知道。可她早已根深蒂固的臺北化了。比如，她叫那個前總統是傻大個兒，叫前市長是傻小子。哎你說這哪裡是中南部人的口氣呀？

還有，我猜她應該比我小不了幾歲，但怪的是，完全看不出年紀來欸。這絕對跟她每天早晚臉上都糊著的那個東西有關。那東西叫面膜，每次總要糊個二、三十分鐘。她說是保持皮膚溼潤用的。怪不得她臉蛋那個光潤明淨哦。你跟她說話的時候，尤其在近距離下，完全就像電視上皮膚美白廣告的特寫鏡頭那樣。

這種效果絕不可能只靠面膜。姊姊以過來人的犀利鐵口直斷：

她肯定還動用了其他甚麼祕密武器。

脈衝光？

連你都知道脈衝光？不過那玩意兒早過時了。不管怎麼說，核桃是個美女囉？

還OK啦。但身段的確不錯，腿尤其修長。平常在屋裡無論是站是坐，不管閒晃遛，還是斜腿盤踞著看電視，都挺好看的。尤其不經意的瞥一眼，更有特殊的驚喜。那種感覺。好比背景奏起一支抒情輕快的旋律，浪漫又有點憂傷，有點像在哪一部歐洲電影裡。

還一定是歐洲電影！不是臺灣；也不是香港電影；更不是美國電影。我看你是昏頭了你。

拜託，我跟她完全是兩個不同的物種。我對她就好比欣賞一隻美麗的動物，一隻貓或一頭豹還是甚麼的。

真的？自己真是這樣的嗎？他想起剛入住那會兒，核桃洗完澡頭上頂著大毛巾，雖然身上的浴袍包裹得嚴嚴實實，一點沒有不正經。即使如此，仍舊讓他感到渾身那個不自在喲。尤其她愛裹著浴袍到處跑，特愛到客廳講電話。他每每拋下正看著的電視趕緊躲回自己的房間，巴不得她電話快講完，恨不得這個渾身蒸散髮香熱氣的女體能瞬間從這房子裡消失。有一度，他甚至懷疑她是在有意無意的勾引他。

不過，如今他已很習慣了。他已經大體上適應了與核桃同為室友的生活基調。他也不再覺得跟一個女人分租房子有啥不妥不對或者不安的了。他不再因她裹著浴袍出現而有一絲半點的忸怩。他甚至還頗以能適應這種非一般世俗規範的居住方式而沾沾自喜著呢。

核桃到底是幹嘛的？她結過婚嗎？

她不主動說我哪裡好問，應該是沒有結過吧。平常她給人做造型，就是一般都會女性的那種。以前賣了很多年進口服飾。現在計畫要做進出口生意。雖毋須上班也無家庭需要照料，卻成日裡忙得不可開交。平常有社團聚餐慈善義賣，還有一堆朋友應酬，又在學日本舞和英語會話，日程的緊湊就不用說了。哎妳管人家那麼多幹嘛？

臺北有一種女人，年紀不小了。單身，而且都長得不錯。過的日子很悠閒，既像是太太，卻又不是太太；既像單身小姐，卻也不是小姐。

他心一沉：妳是說二奶嗎？要二奶的話，哪個老公會讓她跟另個男人同住？

我有說她是二奶嗎？

姊姊最後仍不放棄：會不會是你那個朋友阿江過去的……？

才怪呢。超扯的。

他大聲否認著，亟力撇清這個可能性。

跟老姊分手時候，他琢磨著，想開口說些甚麼。像是，過往與父親，以及自己到舊家看房之類。

但他卻不知要怎麼開口。這些年他們姐弟之間慣常的談話模式不是抬槓就是哈啦打屁。正經話反而變得沒法說了。

父親離開後，他們都不再提起他。一開始是因為母親不提，他們亦不知如何提起。再下來，他們都懂事了，礙於母親的面子而不提。後來成了習慣，即便他們姐弟之間想要談論，卻不知如何開口，或者感到即便提了也是多餘。就這樣，父親徹底在他們之間消失了。

他想了想，繼之搖搖頭：忘記要說甚麼了。

她拿貼著小膠布的眼皮飄了他一眼，彷彿說：忘得好。

我送你吧。這麼晚了。

不必啦。

看她上了計程車。他目送那台車亮著尾燈在馬路壅塞的人車之間一路蛇行，顛跛衝撞。

最後終於和其他車混雜一處，匯入泱泱車河，分辨不清了。

8

他走在暗夜深沉的信義路上。腦子裡不住盤旋著一支曲子。緩慢，悠久，滲透心肺，召喚著遙遠的一些甚麼。

是舒曼的〈夢幻曲〉嗎？

涼風迎面吹來，有點醒酒的感覺，可他並沒喝酒，卻有飄飄的醉意。

行經大安森林公園，他想起這個新生南路口過去曾有的那家狗園和獸醫院。姊姊和他曾帶一隻誤食老鼠藥的小貓到這裡來洗腸胃。牠原本是他們從菜場撿回來的。母親說甚麼也不讓養。他們給貓兒治好了病，該到出院的時候卻不敢去領回。

他想到母親跟自己過不去的堅韌和頑固，還有她要命的道德觀和婚姻原則。那之後好多年，他一直抱著微弱的希望，希望事情終有轉圜的一天。逐漸的大家都淡忘了，父親終於回了家，就像他每次出差回來一樣，好像什麼都沒有發生。對啊，不就是一次出軌嗎，一個外遇，有那麼嚴重嗎？

再說了，男人外遇在中國文化傳統（或不管地球上哪一個文化傳統）其實都算不上甚麼了不起的大事。即使拿當時那個年代的尺度來說，也不是甚麼大逆不道人神共忿。

小哥說：那只是社會的容忍度，不是咱媽容忍的限度。更何況老爸搞的並非典型的外遇，他是內遇！

那又怎樣？咱三妻四妾的時代也才剛結束，男人跟家中女傭私通（其實這跟以前收了房做妾有啥兩樣？）怎麼說也還是在傳統範圍內的舉措。

可他們不一樣。小哥說，他們是新興中產階級，是新公民，是穿西服打領帶，看西片以及美國電視節目，崇尚自由民主平等博愛，信仰一夫一妻小家庭制及其價值觀的新中產階級人類。

中產階級跟外遇有啥關係？根本兩碼事兒。難道中產階級就不外遇了嗎？不，有可能他們更會搞，搞更多，更經常，甚至還更離譜。

只是他們比較不會看得那麼嚴重。小哥點著頭（一副看很穿的模樣）：至少，不會把它當成是一個悲劇，或將其轉化為悲劇。

他咀嚼著這句話。想到了母親。

她從銀行疲憊的下班回來，忽然發覺家中的氣氛有些不大一樣了。丈夫提早回家的次數多起來，甚至經常趕得上跟他們一起吃晚飯了。他的眉宇間更莫名其妙開出一分喜悅，一種亮度，也或者是一道光，不管那是甚麼，反正讓他平白看起來年輕快樂了許多。

她告訴自己，不要胡亂多想。原因不就是他們公司這兩年銷量大增，老闆有意擴建，丈夫極可能高昇，原因就這麼簡單。

至於他的眼神，為甚麼也跟以前不大一樣了？經常會出現類似青少年那種格外精神的光采。更讓她吃驚的是，他開始若有似無不露痕跡卻明顯比過去頻繁地掃到翠珠身上。

搞不好這是自己的神經過敏。既然丈夫「不露痕跡」，又如何能夠「明顯的比過去頻繁」？簡直根本說不通嘛。有一條是可以肯定的，那就是自己快要開始步入所謂的更年期。她馬上想到一個鄰居太太，情緒好壞反覆不定，一下子懷疑丈夫外遇不軌，一下又怪佣人偷走她的首飾衣物。高興起來給人一堆吃食贈品，過兩天情緒壞了又去跟人家把東西統統討回來。

哎自己可千萬不能變成像她那樣一隻神經兮兮的老母雞哦。

但是這段日子以來丈夫的眼神明顯的不對勁。像極了蒼蠅，動不動忽一下便飛到翠珠身上停留，甚至尾隨她的身影飛進廚房。

反而面對自己時，他有些閃躲規避，特別是在臥房單獨相處的當兒。比如，在他們洗完澡穿著睡衣，在過去，那是兩人躺在床上說說話休憩聊天想幹啥便幹啥的時刻，如今丈夫卻常藉口看書看報看公文等滯留客廳。實在規避不了的時候，他便上到頂樓抽煙，一去大半夜。等他下來時，她往往已經睡著了。

當他跟她提到女傭的時候，他不再像以前那樣叫「佣人」或「下女」，他開始直呼她的名字。

但這又說明了甚麼？有可能是因為翠珠來的時間久了，他已把她當成家中的一員。

她更奇怪的發現，翠珠燒的菜毫無理由更加用心也更可口起來，而且開始自動自發做起丈夫愛吃的菜肴。有一天竟從市場主動買回香椿芽，一盤拌上蝦仁，一盤拌豆腐，再灑上麻油，不無得意端上桌來。

她大為驚愕。翠珠哪有可能知道這世界上有香椿芽這號東西？別說翠珠，連她這三個在臺灣出生長大的孩子都不知道香椿是個啥。翠珠就更不可能曉得如何料理這道他們的道地家鄉味。

這時丈夫頗為得意呵呵笑道：是我跟翠珠說的。我寫了「香椿芽」叫她拿到市場找那個山東大個子老張。這才買到的。

從甚麼時候起他和翠珠之間開始這條直接的互通管道？他不再像以前那樣必須通過她來跟女傭溝通：妳去叫佣人燒條黃魚，跟她說別忘了多放點醋。要不然便是：這下女怎麼搞的？襯衣領子老洗不乾淨，妳去跟她說說。

她一臉錯愕的看著丈夫。他卻只管津津有味享受著眼前的香椿美味。

這樣的情況持續著，有可能只區區兩三週，也有可能更久。她確實感到不對勁了。這期間她也想過乾脆來個措手不及把翠珠辭退，但家裡要是突然一下子沒了幫手，勢必大亂。再說，她也不知道是否真有其事（以及到甚麼樣一個程度），難道這一切全是自己的疑心和幻想？再者，如若他們之間果真有事，辭退翠珠就能徹底解決問題了嗎？

就在她惶惶焦灼拿不定主意心裡又著實不踏實的當兒，她終於想出了辦法。她刻意在女傭買菜回來丈夫尚未上班的那個時間突然返回。

即使心裡有所準備，她還是被那般景象嚇住了。

她完全無力思考，全然喪失了收拾這樣一個狼狽場面的能力。

她木木的，像一截木頭，失去知覺。

事後，不知多久，她才逐漸恢復心智，記憶起發生的事來。

肯定有人跟她開了一個天大的玩笑。命運。她想，這都是命。她不總都這麼說嗎？

那日，她毫無預警在上班時間出現在家中。她穿過靜悄悄無人的客廳和餐廳，發現翠珠不在陽臺也不在廚房。

她逕直來到臥房門口，打開門。

頓時，她被眼前的景象駭住。

同時，他倆也發現了她。

但他們似乎並不如想像中的錯愕和驚嚇，也許在他們腦後的某處早已設想（或盼望）著這一天的發生和來臨。

然後呢？

母親奪門而去？還是女傭以手遮面蒙羞而逃？

亦或父親挺身擋在女傭前面，他關上身後臥房的門。儘量做得像個男人，以負責的態度面對盛怒受傷的妻子，並讓女傭有足夠時間在內整理身上的衣物。

之後，他獨自面對母親。等候她的發落。

是這樣的嗎？

是嗎？

非常可能，她正好撞見父親與女傭赤裸的在床上。

也或者她看到的是——在廚房，浴室，或後陽臺上——父親緊貼女傭的身後，她正忙著洗衣，洗刷或洗菜，而他的雙手不是正擠捏著她的前胸便是搜索她的下身，並張嘴親咬她的頸項。女傭發出尖笑或一串笑罵的句子：浬邁阿內啦。

以上隨便哪一樁，都夠了。

不論怎樣，都是一個不堪的場面。這就是為何她總說那是命。人給所有荒誕的悲劇這個不成解釋的解釋，以便讓自己能夠接受和面對。

＊

當晚父親沒有回來。緊接著他出差，匆匆返回拿換洗的衣物。之後他便搬出了公寓。他必然是在他們上學的時候搬走的，因為幾乎不記得跟父親有過甚麼照面，也沒有交待他們隻字片語。

事發之後，家裡著實亂了一陣。當天他們回家發現女傭不見了。翠珠住的那間小屋頓時搬遷一空，姊姊和小哥開始吵鬧。

翠珠還沒燙我的制服，叫我明天穿甚麼？

小哥把飯碗一推：這是哪家館子叫的菜？肉這麼少，還一堆肥的。

姊姊去找母親理論：翠珠幹嘛要走？

母親背對著他們，半天不搭腔。

對啊，翠珠幹嘛要走？

母親轉過身來。他們從未見過那麼可怕的臉色。一下子他們全凝凍住了。

母親說：是我把她辭的。她跟你爸幹那事。

從此母親再沒在他們面前開口提過父親。母親的臉色和那短短幾個字的說明，讓他們徹底明白父親幹下了一樁極其無恥不可告人的事。她要讓孩子們明白他給他們帶來的傷痛和恥辱是永遠而且絕對無法彌補的。

母親倒沒像他見過出這類事的那些太太們那樣，成天用極盡可能下作不堪的話來辱罵丈夫和那個女人。

只在為數不多的次數中，他記得的是，母親與朋友談到她的離婚時，只鄙夷地說了句：他跟下女通姦。

接下來是一段驚愕的沉默，容或加一兩聲嘆息。

父親剛離開家的那一陣子，他們好生不習慣。即使表面上，誰都裝成沒事似的，生活一切照舊。但總覺有甚麼不一樣了。

姊姊和他照舊在週末去上鋼琴課（如今她可要每兩三天燙一回自己的制服了）。

小哥照常騎著單車在社區馬路上拉風亂竄。他也照常在場子上跟同伴踢球。但踢著踢著，就沒勁了，明明到了腳下的球卻踢不準。即使踢了，也使不出過去一半的勁來，再也踢不遠了。他顧不上其他孩子的叫嚷，只管頭也不回的跑回家去。

即使在下雨的日子裡他照常跟小哥在樓梯間裡玩丟化學人兒，打彈珠，玩紙牌。玩著玩著，小哥會突然把手裡的牌一撒：不玩了。

不行，還沒分勝負哩。

隨便。算你贏。

那不行，輸家要罰錢的。

好嘛，給你。

小哥從褲兜裡掏出一個壹元或五角的硬幣丟給他：走吧。

他把硬幣塞到褲袋裡，即使用手指緊緊捏著，卻沒有過去贏錢的那種高興了。

他照樣每隔幾天，把所有的硬幣從兜裡掏出來，數一遍，再裝回去。等兜裡裝不下了，就去小店換成五元十元的硬幣，塞到撲滿裡。如今，他料理這套過程，也再不像過去那樣感到滿滿的歡喜了。

還好，社區裡他們熟識的鄰人有限，加上父親本來就常出差，才沒引起甚麼閒話。

父親走後，家裡的晚飯大半都從飯館裡叫來吃。剛開始還覺得新鮮，吃上一陣，越來越覺無法下嚥。不是油太大，太鹹，肉太肥，便是菜裡太多味精。吃飯時間大家變得無比靜默，連平日多話的小哥也不再說甚麼。大家默默吃完，像逃甚麼似的趕緊逃離現場去做功課。

即使偶而母親想要振作一下大家的心情，有意帶出輕鬆話題，但往往沒人接腔。話茬停在飯桌的半空中，懸擺著。大家各自低頭夾菜扒飯咀嚼，迴避著彼此的目光。

這樣不知過了多久，忽然打某日開始，大家又開始像從前一樣了。甚至比父親在時更多話，更熱烈。大家用行動來告訴自己和彼此，甚麼都沒變，一切都還好好的。看嘛，我們不都好好的嗎？

他們只是頓時感覺空了一塊。這個空缺逐漸被一點點隱藏起來，掩蓋住。慢慢的也就不感到那麼空，那麼痛了。

最壞的還沒有發生。

他們不知道究竟會發生甚麼，沒有人知道，毫無預兆。即使天才如小哥，也無法預測未來。

因為沒預防，所以碰上了。表面看來，一切的發生都是出於偶然和巧合（這還是小哥自己說的）但其實是疏於防範。

他想起口器男帶他看屋那會，才意識到彼時他們認為的那套高檔新穎的天藍色衛浴，其實不過是頂頂粗糙潦翹的塑膠材質和製造。

那一切的感覺良好說穿了其實不過是自己腦中建構起來的一個當代神話。所謂的中產階級畢竟只是一個神話。

亦或，

一個可悲的笑話。

深夜他回到公寓，對著浴室的鏡子刷牙。頭腦昏沉沉的，他跟自己說再不准多想，好歹明天還要上班。

9

Youtube 上播著一支曲子 Rondo Alla Turca《土耳其進行曲》莫札特 11 號鋼琴奏鳴曲中的第三段。

源源不絕的旋律像一支汩汩沛沛音符組成的山澗瀑布。盎然，無休無止，開始了便停不下來，晝以繼夜永遠的奔流下去。

他將音量開到最小。迷迷登登快要睡著之際，卻奇妙的遁入記憶深處，竟有如初次聽到這支曲子一般。

阿江來電話的時候不知幾點，反正半夜他正睡著就對了。當時立即懊悔睡前忘記放到靜音。

阿江的聲音洪亮無比，襯著背景諸多雜音：

喂，我在機場啊……

他昏沉沉的：甚麼事？

你現在還住核桃那裡喔？

這時他突然清醒過來：對啊。
阿江頓了頓：我就想問說，你是不是還住核桃那？
對啊。
這樣喔？好吧。
阿江扔下一團迷霧，說罷便匆匆掛上電話。
這時才從記憶深層突突然浮出那什麼狗屁倒灶拆爛汙的糜爛性趴之夜。
但已為時太晚。
等他回過神來，再想問問清楚到底怎麼回事，包括這團電話迷霧。他再撥過去，阿江已經關機。想必登機去了。

很多事，過了時機，就像糖化在水裡，無痕也無跡，沒人肯認帳了。他恐怕，那糜爛性趴之夜就是這麼回事。

＊

他終於覺察出跟核桃這樣同住著似乎不是個事兒。

而且本來當初說好的就只是朋友幫忙性質的暫時分租。他不想讓自己落下個賴著不走的嫌疑，或是那種愛貪小便宜的傢伙。

再說，他不是正想約她嗎？若還繼續這麼住著，約會恐怕就會跟平常的便飯混為一談了。像這樣：

今晚沒出去啊？

沒有啊。妳呢？等下有飯局嗎？

今天沒有。

那，要不要我們一道出去吃？

他可不想讓自己有心的一次約會被這麼糊裡糊塗地攪了局。

＊

他琢磨著，其實有口器的男人說得也不是全無道理，牆壓油漆粉刷一下，櫥廁稍事裝潢（你要大搞當然也可以），房子馬上翻新看起來完全不一樣了。這麼大的居住空間，這種價錢在東區心臟，上哪裡找？還有——押金減半。至於那可以用來拍鬼戲的樓梯間麼，嗯，要不，乾脆就租給人拍鬼戲算了。

他打電話去找那個長著口器的瘦乾男人。

未料，瘦乾巴男人此刻倒踐起來了，像趕蒼蠅一樣：

租掉了，早租掉了。

他橫了心，當天就去找了個房屋仲介。說自己想買一幢小坪數的公寓。

腦中浮現出常在報章雜誌電視廣告中看到的那類小型華廈——樓中樓，挑高屋頂，採光極佳，白茫茫的光線從半遮的紗帘長窗透進，光潔的原木地板，全新錚亮的設備。麻雀雖小，五臟俱全。

在大臺北地區，靠近捷運，那種屋子，你要的坪數喔最起碼一千七八百萬以上。

對方雖是個年輕人，但似乎已被折磨得不成人樣。或許是已過晚上七時的緣故，即使照舊西裝領帶，卻是兩眼無神，人快散了架似的，嘴角還長著潰瘡。開口閉口只管問他準備多少現金、收入多少？

拿出資料調查卷來填寫的時候，他發現這人的十個指甲幾乎都被啃沒了，細小殘缺的指甲嵌進肉裡，十分噁心。

對方拿出一疊剛出售的房屋檔案來，說：您可以看一下這些。這都是我們經手的案子。其實這類的房子嘔，價位高，拍起照來是很漂亮啦。就像女生拍沙龍照，個個都可以拍成美女，但實際上住起來不見得實用。

你這話甚麼意思？

拍屋子照片嘛，用的都是廣角鏡，當然看起來空間很寬敞，很壯觀哪。而且打上燈，尤其是窗戶，外面打上燈，再用散光鏡來拍，所以照片看起來不僅採光特別棒，而且光很柔。其實啊，很可能完全不是那麼一回事。

他立刻想到看過的那些採光極佳，白茫茫的光線從半遮的紗帘長窗透進的廣告照。

這人又說：你看照片上那些我們熟悉的，像冰箱啊甚麼的，都變得—那—麼—大—那—麼—寬—

對方把兩隻手臂張開誇張的比劃著：你就知道絕對是用廣角鏡拍的了。

他洩了氣，無力地說：好吧，那我改天再來吧。

他走出這間只剩下這個傢伙的辦公室。還沒走遠，那人從後追上來，塞給他一張名片：我叫黃魏洪。很高興為您服務。我再跟您電話連絡囉！

他盤算著，自己那點積蓄，在臺北也只能湊合著買廢墟那樣的房子——如果執意要買在臺北東區的話。

想到口器男帶他去看的那間屋子。那股深重的陰霉味，搖搖欲墜的窗框，因霉溼而鼓起、滲黑且脫落的牆面。

如何能跟目前與核桃合住的愜意又舒適的高級公寓相比？

把一輩子積蓄投進那個廢墟？自己肯定是瘋了。

但他似乎並沒完全放棄希望，接著他又走進另一家房仲店（這種店面多到幾乎平均每兩個街角就有一間，由此可見房仲業海撈的程度）。

一個較為老成的仲介接待了他，立刻奉上一張名片並報出自己的名字。

您可以叫我小蘇。

他開始認真詢問舊家那片公寓都更的可能性。

跟您報告，小蘇立刻口若懸河：

都更喔。越大越多住戶的公寓都更就越困難，因為需要每一個住戶都同意才行。那你看你原來的坪數假若是二十坪好了，都更以後建商只能給你差不多七十趴的坪數，也就是十四坪，你若要原來的二十坪就要自己再花錢去買，或貸款。當然一般來說建商都會給原屋主優惠價啦。但現在新蓋房子的公設面積比以前老房子要大很多，室內建坪若要幾乎二十坪的話那可能權狀上就要二十六七坪。一般人當然都覺得被建商占了便宜，但如果不是這樣，建商也就無利可圖，那他們為甚麼要來幫你拆幫你蓋新房子？所以跟您報告，就是這樣一個情形……

聽著聽著他都快要睡著。

就在小蘇停下喘息這當兒，他忽然猶如夢醒。脫口便是一問：

在這舊公寓區，最近有沒有屋成交？

跟您報告：已經很久都沒有。不過，一年前吧有成交一戶。它是二十五坪，差不多賣一百一十萬一坪。

總價是？

兩千七百五十萬。

他站起來。感覺有些暈，可能坐太久了，身子搖搖晃晃出了店門。

10

你相信有外星人嗎？

沒有。

小哥斬釘截鐵的肯定答覆幾乎讓他為之語塞，而且頗令他失望。他本以為小哥也像班上那些考前幾名頂頂聰明的同學，各自都有一套聽起來滿有科學根據的外星人理論或信仰或數據。

小哥說：極有可能地球的發生和發展只是意外中的一個意外。至於地球上的生物包括人類更就是意外裡的意外。一個極微小的或然率，幾千萬分之一，就像中獎券的機率那樣小。

那我們不都算是中了獎券？

對啊。生命的發生是一個巧合。極有可能在這整個宇宙裡，人類只有我們。這不是我說的，很多科學家都說過。不僅生命的發生是一個巧合，發生在生命裡的事也都是巧合。

但中獎券是你說的。

對，那是我說的。

他覺得很幸運。其後好一陣，但凡想到自己的生命，他便覺著像是中了獎券一般，不由得喜孜孜。

*

核桃還沒回來。

都幾點了？這麼晚她還在外面幹嘛？

這一瞬間彷彿回到過去。如此的牽腸掛肚竟讓他感到一絲熟悉；這熟悉感又有些恍惚陌生，彷彿生了一層銹霜。畢竟是太久以前。

余若。

魚肉，他都習慣這麼叫她。她肉嘟嘟的身子委實很像一條圓滾溜滑的泥鰍。攢在手裡既挑動又結實。

跪起來嘛。她說。他遂撩起她的腰身和下肢。

好好好就這樣不要再低了。她從來都堅持某一標準，分厘不許有差：

慢點來。喔很好很好。現在快點，快點快點快點……

噭噭噭她發出動物的嚎叫。

奇怪自己怎麼記得的全是這些肉體的A片情節？難道就沒別的了嗎？

哦，有一回，上下班時刻在捷運臺北車站，他在魚群般如織的人潮中照面一女，快速從他眼角閃滑而過。

及至於當對方一反手快速將他捉住，才頓時恍悟嗨這不正是自個床上的那個魚肉麼？

她平板的臉上冒著一絲蒸騰的火氣。

趕路沒在看啦。

他著實吃驚她怎會生得如此平庸；如此亂穿亂搭簡直（還不是普通而是阿巴桑等級的）拉遢。奇怪她裸體看起來不還算豐腴有致的麼。

只有與她頭一回約會那次她打扮還算像樣（嚴格說來那不能算是約會）。但那身打扮實質上是一種欺騙，高跟鞋與高托胸罩加上緊身衣裙將她變得修長有致。

更奇怪的是這些細節為何如此生鮮歷歷在目？也或許這一切其實發生在並不太久以前。

自己的記憶絕不是按編年史排列的。或者，所有人都不是。是的人，其腦必定不是人腦而是電腦。

其實與她交往已是好多個夏天之前的那個夏天了，或許連帶加上幾個秋涼的夜晚以及一兩個不斷下著淅瀝冷雨的十二月週末。

他啞然失笑。明明這島上就沒有明朗的季節分野，充其量只能說成冷天和熱天。大家卻是如此的偏愛時序，動不動以春夏秋冬稱之。或許，季節即詩意。也或者是一種市場概念，亦或時尚。

時尚，對哦。這話應由小哥口裡說出才對：季節變遷是一種時尚。

*

他從浴室出來，心裡正琢磨著約核桃晚餐。這檔事老在心中揮之不去，都快糾結成一團疙瘩了。

走進客廳，卻跟正盤踞在長沙發上看電視的核桃照了個面。她穿一條豹紋緊身褲，猛一看有如一隻盤踞岩石上的花豹。

電視屏幕上是一群比真實放大百倍以上的螞蟻，在放大得有如巧克力蛋糕黏溼鬆軟的黑土顆粒上來來回回擾攘地忙活著。

環球地理節目。不錯嘛，他因著這點她與他之間的交集而心喜。

他站定，看著她說：我在想，哪天我們一道出去吃頓飯，好好聊聊好嗎？

核桃直盯著他，睜圓了眼睛。

怎樣？

這時他竟有些快意（有點享受的）看著核桃驚訝的反應。

是關於房子的事噢？在家說就可以了啊。

不是不是。對，我是準備不久要搬家，這跟約你吃飯兩回事啦。

約我吃飯？為甚麼？

哎難道妳就沒有男生約你吃飯嗎？

約會喲？她忽而坐直起來。

如果妳要這樣解讀的話。好吧，對。約會。

真的？

她那反應簡直有如小女生平生頭一遭。怎麼可能？太令人詫異了。

他說：你看星期六怎樣？
那我來看一下。她遂拿過手機查看起來。
星期六應該可以啦。不過……真的有必要這樣嗎？
妳不願意的話就不要勉強。
不是啦。好是好啦。但……
隨即她展開笑容：好吧，那就麻煩你前一天再提醒我一下。
OK 沒問題。
就這樣，他跟核桃的約會便這麼輕鬆的敲定了。

11

他在琴曲聲中醒來。原來累得睡著了。

好像是貝多芬的鋼琴奏鳴曲 Appassionata。

瞬間他被一陣記憶的洪流席捲，不能自已隨著大水沖流。

閉起眼睛，任由音符帶著起伏，轉旋，串連，奔躍，持續流瀉。

鋼琴老師的大手，頎長的手指在黑白琴鍵上舞動。好似對琴鍵充滿了感情，彷彿那是愛人的身軀，那樣捨不得而又捨不下；抒情輕柔又情欲的撫觸。以致彈出來的音符撩人而觸動，同時靈敏，隨興，魔術般精準。

每個星期六的下午，他盼望著。在練琴聲中，從二樓的窗口看著幸子走進社區，順著那條馬路走進隔鄰栽植的葡萄架下，一路跟著的是太陽塑成的她的黑影。

有那麼一陣子，在他等待凝望的這段過程中，耳邊響起的總是這支熟悉的曲子。

有時，她來了，又出去買東西。她穿過對街，沿著另一幢樓的邊緣，拐彎，最後從他所在二樓窗口的視線中消失不見。

他蹲在窗邊，百無聊賴玩著圓牌或彈珠，等待著。他要等著看她循原路回來，像看一段吸引人的影片。他要等著再一次目視她走路的過程。

有時幸子會到廚房幫忙鋼琴老師太太也就是她的嫂子準備餐點。那些食品對他而言非常新奇。他好奇地看著那一個個圓筒狀黑皮白米中間有餡切得整整齊齊的東西。

鋼琴老師太太笑著說：要不要嚐看看？

他客氣的說不要。

樓下的琴聲突然停了。

怎麼？曲子彈完了嗎？感覺卻像嘎然中止似的。他竟生出想要催促琴手繼續彈奏的念頭，正欲起身踱到窗邊察看。

不想，琴聲再度響起。

音符在耳邊起伏。轉旋，奔躍，成串流淌。左右兩手所彈奏的不同音樂串鍊，形成一套完美的交響，一串完後再接一串，延綿不絕。

他的情緒隨之舒緩下來。

某日，他看見幸子在客廳掃地。

當時，正是他的練琴時間。他坐在琴前，一遍遍重複彈著一首已經爛熟的貝爾指法練習曲。

客廳中只有他跟她。

她掃得很慢，很輕，很仔細，彷彿把它當成一件手工藝來做。她低彎著腰身，不住擺動手臂，身上那件黑色大挖領的洋裝正好露出美白的前胸和深深的胸窩，這時，她豐盈的胸波正隨著手臂顫動。

他被這景象驚呆了，心臟止不住怦通怦通狂跳起來。視線不敢在她身上多做停留，趕緊回頭繼續練琴。

但隔沒多久，他又忍不住再度回望，再一次目睹她深深波動著的胸窩。哎她怎麼可以這麼大意不小心露出自己的隱私部位來呢？不過，還好，只他看見而已，她依舊從容專心掃地，絲毫沒有察覺。

他起身悄悄走到窗邊，試圖分辨琴聲的來源。

好像來自一樓透出燈光的那扇窗戶。

他兀自對著暗渾的天井，久久無法從過往的片刻中抽離。

他就這樣一直站在窗邊，眼光越過天井，面對著明暗不一的樓層，一首接一首聆聽樓下的琴曲。

練琴聲中，她走進社區，走入他二樓窗口的視線。有時，她打一把小陽傘，太陽將她和傘塑成一團移動的黑影。有幾秒的時間，她消失在隔鄰的葡萄架下。之後，再從伸展出院外的葡萄枝葉和藤鬚中出現。

彷彿一組動人的影片。

他在腦中來回不斷的放映。止不住心情澎湃，有一種回到過往的衝動。

樓下的那位鋼琴手彈得也不壞，幾乎沒出甚麼錯。多年來他只記得那曲調而不知其曲目，也從沒想過要去查。直到前幾年意外在收音機的古典樂臺上聽見，才知其為 la campanella 匈牙利作曲家李斯特 Liszt 改編自帕格尼尼的小提琴曲。他啞然失笑，果然是首極有名的曲子，有名到幾乎人盡皆知。

這乃是葳葳多次練習的曲目之一。當時在鋼琴老師和所有人眼中，她是個神童，幾乎任何名曲都難不倒她。

忽而某日，姊姊跟他道出一個驚人的祕密。

你知道嗎？葳葳的爸爸在監牢裡。

真的？

他是個導演，也是演員。滿有名的喔，都演滑稽角色，或者是壞蛋。

哦？

葳葳長得一點不像幸子。她像她爸，他叫顧大涼。

他立刻想起電影上那個滑稽演員來。並聯想到葳葳那張與顧大涼非常相似的小臉。連動不動便傾斜的脖頸都很像呢。

對哦真的很像。

顧大涼也跟我們一樣，是山東人欸。

真的？

驀然他想起當初鋼琴老師在得知他們也是山東人時，所顯現的那般驚詫的表情。

葳葳她爸為甚麼坐牢？

姊姊在他耳邊用手圈起一個筒狀，壓低聲說：他是匪諜。

真的？

但是聽說幸子已經跟他離婚了。

＊

有那麼一段時間，很長的一段時間。一年，或將近兩年？幸子幾乎是他生活裡另個層面的主軸。那是一個幾乎無涉現實，純粹假想的世界，可卻又那麼逼真。

幾乎每週六他去學琴，總會碰到幸子。平日他有意無意即使沒必要也故意繞道鋼琴老師家門前的馬路，有幾次竟真給他撞見。她走路的姿態那麼婀娜，那樣優雅。她朝他微微一笑，有時會問句：放學啦？

他回想起幸子坐在沙發上凝神聆聽葳葳練琴的模樣。琴音叮咚響起，旋律流過時間。

彼時她的丈夫已在獄中，她們就住鋼琴老師家附近，幾乎每天，她帶著女兒到長兄家去學琴練琴，消磨時光。

他對幸子的幻想雖然幼稚無比，但不知怎的，感覺上卻非常的真實，彷彿只要隨著時間的推移增進，某日它必能實現似的。

他回到家（場景乃是藍老師家的公寓），幸子迎上前來（此時她已是他的妻子）帶著微微的笑容望向他，臉上發出一種光，甚至她的周身也瀰漫起和煦的光感。她嘴角牽動兩腮呈現美麗的豐盈弧線，耳際響起情感濃郁的旋律。葳葳正在練琴，她還是那個小不點，絲毫沒有長大，彈的是舒伯特的《夜情歌 Piano No.26 Schubert Serenade》她坐在琴前，短髮隨節奏甩動，雙手在琴鍵上奔躍，琴音時而柔順時而鏗鏘有力。

然後，她開始彈一首慢而悠閒的練習曲，巴哈的《安娜瑪格戴琳娜巴哈練習曲 Notebook for Anna Magdalena Bach》裡頭的一首小步舞曲 Minuet。

這支曲子他也曾經彈過。

注意喔，這是G大調。鋼琴老師說：大拇指放在G，隨即老師彈出一串悅耳的音符。

好，下面，要注意這個 Fa 要升半音，按黑鍵。

他看著老師中年沉靜的臉，厚厚一綹頭髮垂到額前。柔軟厚實的，跟幸子一樣的栗色髮質。

《小步舞曲 Minuet》雖是一首簡單的曲目，行雲流水間卻有一種動人的力量。活潑優雅，流水般玲瓏剔透，彷彿一個外表秀麗內心澄澈的女人。

像幸子那樣的女人。

那是巴哈編寫給他的第二任太太安娜瑪格戴琳娜的。鋼琴老師說。

不知怎的，當聽到「第二任太太」時他竟怦然心動了一下，彷彿那是個無比性感的暗示。

優雅的琴音迴盪開來，空氣中瀰漫一種具感染力的恬靜和幸福。

他又看見她了。

她雙腿優雅斜靠，兩手靜靜置於膝上。看起來有如一幅畫像，完美而動人，像是不屬於這個令人討厭的現實世界。

她是靠帶女兒學琴練琴重新建立生活的重心和主軸；藉此打發無以自處的寂寥並因此得到慰藉吧？有時她看起來乏累極了，忍不住拿手捂住嘴打哈欠，甚至睡著。

而後某一天，幸子將他叫了過去。
你陪阿姨去一個地方好嗎？
她拉起他的手來，知道他不會拒絕。

12

一如往常，他站在捷運車道前，手捏著褲袋裡的悠遊卡。心裡估算著，從自己站立的這點通上去若是過去舊家社區邊的那條馬路的話，那麼，這條捷運線邊鄰著的，不就是從安東街一路流過來的那條河了嗎？

當年的臺北到處都是溝渠河流。有大有小，大如淡水河、嶍公圳，還有舊日新生南路上那條他不知道名字但記得很清楚的大河。小河通常啥名也沒有，大家便以「沿某某街的那條河」或「某路口的那條溝」這樣稱呼。

沿著他們公寓社區一側的就是這條安東街河。每天早上和下午，他固定沿著河道的馬路走過。鋼琴老師的家便是臨河那側的公寓之一，也是社區裡唯一一棟牆面爬滿綠色植物的樓房。

那叫爬牆虎。媽媽說。她笑意盈盈，笑容帶著和煦和愉悅，讓他聯想到春天陽明山的粉色花海。陽光下散放馨香，蜂蝶圍繞，怒放著，瓣朵繁複得令人不敢置信，讓人想頻頻一再趨前反覆定睛凝視。

母親凝視著綠葉：你看這葉子長得多好啊。

他也愛看這面覆蓋得平平整整深綠油油的牆面（應該就是現在大家稱之為的長春藤吧。）讓人聯想到童話繪本上學院古堡那類建築形象，因而浮想聯翩。特別是牆根邊上便是河，整牆的綠葉便那樣傾倒進河裡，一道道一綹綹危危顫顫地倒映在流動的河水中。

幸子穿高跟皮鞋一路交叉行走，勻稱小腿的倒影在河水中綽綽約約。

馬上，就快到了。她說。

那日，他們先去了城裡的一間醫院。她卻未見到要探望的人。她顯得有些焦慮。那是四月裡的一個熱天。他記得，是四月沒錯，因為兒童節才剛過去不久。

她又問：你會累嗎？

不累。

累的話我們叫三輪車。

剛才已經坐過了。

剛剛那是去醫院。幸子又說：不過，就快到了。

河，悠悠流著。他幾乎無法形容那河的顏色，是褐黃？還是赭色？暗黑？亦或深綠？還是長滿毛細蟲的暗紅血色？

或許是這所有顏色的混合。河底有長長的，細毛狀不住隨水波動的深綠水草，還有灰不溜丘一撮撮柔軟丘陵狀的穢物汙泥，有大綹大綹聚生的毛細蟲隨波蠕動。如果他是畫家，必須要把這些色彩統統畫上去才算數，波浪形的，一束一束，交互穿梭，這樣才會畫得像吧。

他無法記清河岸的樹叢草地，是灰撲撲的泥巴色，還是蒼綠或青黃。雖然他經常沿河岸步行，走很長很長的路，看河。目不轉睛地注視著幽幽流動的河水。看它無止無限地儘朝著一個方向，潺潺滾動，沖流。

那天，他們終究沒有叫車。

幸子拿出手絹來擦拭額頭上的涔涔汗珠。一方嫩黃嫩黃彷彿剛出生小雞那種不沾塵埃的嫩黃色手帕。

然後她拉起他的手來，匆匆穿過馬路。走進一條極為狹長窄仄的小弄巷，兩旁是人家家的水泥牆壁，像是走在一條兩側高牆的甬道中。有些牆頭還插滿密密碎碎的各色玻璃，每隔不遠便有一個長相不同的大門，或有窗戶就那樣直接開在水泥牆上。有些牆段很新，還能聞到潮乎乎的水泥味，有些老到滿佈黑色霉斑快要酥碎掉，還有一些段落甚至是以紅磚砌成，看來這裡每家修葺屋子的規格都不盡相同。

幸子緊攢著他的手心冒出冷汗。他們彷彿一大一小兩隻老鼠忐忑穿梭在這條有好幾個幾乎直角拐彎的巷子裡。

到了。她說。

他們終於站在一個深綠油漆的窄門前。

幸子用手絹拭去臉上的汗珠，又從包包裡拿出一輪鑰匙，取出一隻，輕易便把門打開了。

啊……

他訝異得說不出話來。

幸子熟練的跨過門檻走進院內。

來呀。她回頭招呼還愣在門外的他。

啊……

他驚愕的抬頭仰視眼前挑高大廳內三大張牆面上的挑逗性插畫。讓人有看沒懂的文案，甚麼「你是性，情中人？」「每日晨起的小確幸」「嘛嗎咪呀……」甚麼摧枯拉朽狗皮倒灶。

角落一個噴漆工人丟下句：咖啡奶精廣告。

真夠扯的去了。

走出捷運站口時，他被晚上要跟核桃約會的思潮衝擊著，心跳開始加速，步履不知覺輕快起來。畢竟，他已經好久沒約會了。

*

聽見他開門鎖的聲響，核桃立刻從屋裡出來了，脖子一邊夾著無線電話筒正呱啦呱啦說著。

掛了電話，核桃站在那裡，眼看著他。

他看她一身隨常裝束，心下忽然明白了幾分。

郭哥，我覺得……。核桃眨著她的長翹睫毛，一副有意示歉的樣子：我們還是不要約會比較好。

你臨時有事？

沒有。不是啦。嗯，我是覺得，你看，我們這樣的室友關係不是很好嗎？

他坦然笑道：沒問題啊。但飯總是要吃的，位子都訂好了，不去白不去。

但我不想給你請噎。

那你來請我好了。

不管他表現得如何輕鬆俏皮，最後還是熬不過核桃而不得不取消了餐館的訂位。

*

他走在華燈初上的街上，不曉得要去哪裡。本想找家店吃飯，卻一點不覺得餓。一個好好的晚上，就這樣硬生生被核桃放了鴿子。

究竟是為哪條？真是她說的那個理由嗎？

如果是的話，嗯，他最好從這一分鐘起便斷了對她的那些個想像。畢竟，想像最終都是引領現實的，起碼在自己人際關係的習慣上不都一向如此嗎。

那也是一個像這樣的早夜。剛下過雨，臺北的天空洗淨，空氣中飄浮的塵屑消失了大半，街燈和流竄的車燈被清洗得格外耀眼。

簡艾橫過街心跑過來，從後追上他。她笑著，直喘氣：

看著像你，果然是你！

他順手攬過她，欲親吻，但忍住了。

還是引起了路人的側目，看一個黃髮外國女人咯咯笑著追上來跟一個臺灣男子這樣磨蹭著摟著走。

今晚不能同你一起了。她仍舊笑意盈盈：臨時有事。

就是特地跑來告訴我這個？

她歉意的點點頭。

他恨透了這種看似善良的歉意。

那晚她連晚飯也沒能與他一起吃。

來不及了噎。她看看錶，像一隻鳥似的，展翅飛走了。

另個週末下午，他們裸身躺在床上，剛做完愛。他正琢磨著待會該上哪兒吃飯才好。她起身穿回衣服，慢條斯理扣著襯衫的鈕扣。

還得回去趕論文呢。她說。

他看著她沉得有些下墜的乳房，大而滾圓的，有如貼紙般的乳暈。她扣扣子的方式，由下往上，最後才將胸前的那顆鈕扣扣上。

很不一般。

她從身後抱住他，聲音啞啞的說：原諒我。

他轉進一條小街。天色已經整個暗下，這裡幾乎沒甚麼商家和燈光。他想起早年冬夜裡燒肉粽的叫賣聲。這像是那種燒肉粽會出沒的小巷，不是嗎。

隔鄰大條街上車水馬龍，人車噪音讓人忒煩。這個世界似乎跟他兩下平行，真的沒啥關係。他決定不再費神找甚麼吃的，先回去再說。

回到公寓時核桃竟然在家。看來她並非另有安排才臨時取消他的約會。這使他的心情略微好過一點。

郭哥你吃過了嗎？核桃說：我從樓下日本快餐店叫了便當。也給你叫了一個。要不要幫你熱一熱？

她的殷勤讓他察覺到某些同情憐憫的意味，隨之的反應也就變得格外淡漠冷硬，或許連聲謝都不曾說，便逕直進屋去了。

直到洗完澡，吃著津津有味的溫熱便當，心裡不斷湧上絲絲慰貼，畢竟核桃還是滿富人情味的，說到底，可能對他也還在意吧。

不知是有意還是巧合，其後幾日他都沒怎麼見著核桃。即使見面兩人也只是匆匆照面打個招呼，不像過去那樣你來我往的有話說了。

卻在一個下班回來的傍晚，他意外發現房門上貼著一張便箋。淺粉色的小紙條上印著可愛白兔蹲在青草地上的萌樣兒。

郭哥，

我想好了，決定跟你同去晚餐。這週四我有空，你呢？

這時，柔柔的水面在他心裡漣漪般圈開了。

*

可能是時間太早還是其他什麼原因，餐館裡只有他們這兩個客人。

臺北住宅區裡窩藏著不少像這樣由民宅改建的精緻小餐館。都很外國味，情調也很足，但菜到底怎樣，就不知道了。

沒關係，我對吃沒講究。核桃說。

她嘴上搽著的銀紅唇蜜閃著亮光。不知怎的，他忽然感覺心跳動了一下。真的，已經有好久沒約會過了。

看樣子她今天是特意打扮了來的。紗質米白黑點上衣，黑綢長褲。頭髮挽起，還拎了個高檔品牌的包包。謝天謝地幸好沒有鑲金帶鑽甚麼的，否則看上去絕對就是個典型的貴婦了。

他向她舉杯：為了謝謝妳的「收留」。我租房子從來都沒這麼愉快過。

謝甚麼啦，反正短期的嘛。

他想要說，要是她不介意的話，他願意這樣長期租下去，直到買到房子為止。但卻猶疑著沒有說出口。

怎麼樣？有沒有看到合適的？核桃問道。

我想買這附近的一個老社區，很老很舊，就是以後要都更的那種。但又不知道甚麼時候才會都更改建。所以，想在買之前去租一間，先住一下試看看。

這樣噢。先去租，住看看，再來買喔，你好像喜歡把簡單的事情變得很複雜。

不會啦，我這樣會複雜嗎？

他給自己找臺階下，建議先點菜。結果他倆都點了特餐。前菜是橘醬烤鴨胸，野菜沙拉，主菜是蘑菇醬汁焗牛小排，他還叫開了一瓶紅酒。

妳跟我我認識的女生都不太一樣哎。

他立刻又加上句：也跟大部分的女人不太一樣。

核桃狹狹眼：那是好，還是壞？

妳活得很悠閒，很自在。愛幹甚麼就幹甚麼，一點沒壓力，也一點不給自己壓力。說實話，我在臺北還很少看到像妳這樣的人。

核桃笑起來：那你臺北還真是白住了。臺北的閒人多著哩。

也是，我看你那些朋友客戶的，也都很閒。

你看那個小鳥，都不需要怎麼奮鬥打拼，還不是每天照樣高高興興活得很好。

鳥哦？

真的啊。

他跟著笑了。感覺這話說得簡直比孩子還要天真。但她一臉那麼相信的樣子，也不好跟她認真。

菜上來了。竟是出乎意料之外的好，鮮美，香腴，多汁，盤子的粧點擺放也頗講究。兩人讚不絕口。

來，乾杯！

沒料到核桃喝起酒來也這麼阿沙力。他看酒已喝掉大半，遂又叫開了一瓶。

藉著酒力，他說話也跟著直白起來。

妳將來打算結婚的吧？

此話一出他立即後悔，但已駟馬難追。好在核桃似乎尚無不良反應。

見她不語，他繼又問道：

妳有想要找男朋友嗎？還是妳覺得單身過也很好？

要怎麼說呢？

她眨著長睫毛的眼睛（他頓時有看電影特寫的錯覺）：

啊各有利弊，看機緣啦。那你呢？

他遂把過去那幾段愛情經歷簡單說了說。然後總結道：每次談戀愛之前心裡都沒有一個婚姻的前提，因此在選擇上就自然而然變得很隨緣。這樣的好處是比較不會俗氣，或許也更浪漫吧。但是從回顧的角度來看，這種沒有設定目標的戀愛其實比較不容易成功。

有這樣約會講話的麼？他覺得自己簡直像在開最低等的婚戀顧問諮詢班。

他開始頻頻給自己倒酒，再叫一瓶。也給核桃斟酒，並不斷與之乾杯。似乎有意靠酒精來放鬆。

未料，這道話題卻似乎對了核桃的胃，問他：你怕結婚？

也不是。

那是怎樣？

缺乏興趣吧。

但有興趣談戀愛？

戀愛就是跟一個女人發生一段單純的關係。沒有家庭，沒有孩子，沒有雙方家長親戚，沒有生活的負擔和算計，沒有這也沒有那，關係裡就只有你和我。我和你。多好，簡單又純淨。

核桃直直看著他，像是看進他的心坎兒裡。她突然向他舉杯：讚！為簡單純淨的關係，乾杯！

在那一瞬間，他有被打動的感覺。

一陣靜默後，他冒冒然說（其實也是實話）：實在很難相信像妳這樣的女生沒有男朋友喔。

核桃一愣：那有甚麼。她眨著俏皮的眼睫毛：反正需要時候就靠情趣用品啊。

甚麼？

你不知道嗎？情趣用品啊！

核桃瞪著他，那副模樣，就像在說：你不知道嗎？泡沫紅茶啊。

二・晚餐之後

13

他在宿醉的頭痛中醒來，頭腦猶如受到陣陣電擊。只好打電話到公司告了假。

不知為何，他忽然不能確定他們是否真去了那家西餐店。掏出口袋中所有的紙片，也未見西餐廳的消費發票。肯定是自己喝得爛醉，忘了拿？看樣子要等月底信用卡帳單寄來，才能確定了。但他卻千真萬確相信那甚麼情趣用品的談話真有其事——或許他們沒去餐館，而是在家裡喝的酒聊的天？

不，橘醬鴨胸以及牛小排鮮嫩可口的記憶還清楚留在腦裡，怎會弄錯？

不但如此，飯後他們還去了 101 大廈。在觀望台的大玻璃後面，看夜空中雲霧漂浮下若隱若現的臺北城市燈火。

從 101 的電梯中下來。他走得顛三倒四，央道：叫個車吧。

核桃卻說想散散步。

他們遂往凱悅飯店的方向信步走去。他先是牽著她的手，隨後手溜上她的肩。在一個他倆同時回望 101 大廈尖頂在夜空中閃爍寶藍光環的那一刻，他順手摟過她的腰來，就在那刻，他情不自禁吻了她。

那是個極其纏綿的舌吻。

為何跟每一個女人的親吻都不一樣？

親吻時這個想法在他腦中掠過的那一剎那，他清楚記得眼角所瞥見灩灩渲染的大片藍光。

只是，在所有這些之後，他怎會仍舊衣衫完好地睡在自己的床上？卻不是在核桃的房裡醒來？難道在一連串示愛、情緒加溫的過程之後，反倒甚麼都沒發生？

或許沒發生甚麼是因為他喝得爛醉如泥。

他繼續用力回想。幫幫忙，加把勁啊。

卻彷彿吃過健忘藥似的，的確在 101 大廈尖頂藍色光芒那一瞥的回望以及擁吻之後，甚麼都記不起來了。

隨之他釋懷地笑了。待會問核桃不就一切都明白了麼。他起身。發現核桃臥室的房門虛掩，一如往常她外出時那樣。

難道她有意避著他？畢竟經過昨晚的酒醉示愛，二人再度面對面，確實挺尷尬的。

他瞅著核桃虛掩的房門。不知怎的忽然心生一股查看的衝動。是想確定是否真有所謂的情趣用品；藉此以辨自己記憶的真偽？或想尋獲一些自己昨夜是否在此渡過的蛛絲馬跡？欲想之強連自己都被嚇到。

他先輕輕敲了兩下，再從門縫中仔細打量一番，確定房中沒人，這才輕輕將門推開。在窗帘半遮的情況下，整間房透著些微的昏暗。頓時，一股淡香、混合被褥衣衫體味的狎暱氣息向他襲來。

他忽而有些不知如何是好，就這樣愣在原處。

母親的臥房也是這樣透著些微的昏暗。

她說：這樣好，朝北，不西晒。

不管外頭多麼大亮，哪怕是豔陽高照的日子，她的落地窗帘總是拉上大半，只留一小溜空隙放外頭的光進來。房間浸在暗沉的光線中，所有顏色彷彿掉了一層。

她說：暗點好，不然傢具單子都被太陽晒舊了。

核桃的這張落地窗帘也是拉上大半的，只讓一小片空間放外頭的光線進來。

像是一動就會碰倒甚麼似的，他一動不動立在原處，只眼神流轉，瀏覽核桃房內的擺設布置。

母親有一個木製的梳妝臺，上頭支著面大鏡，正對床。位置模樣擺設都跟核桃這房極其近似，梳妝臺上也像這樣隨意擱著髮梳指甲油粉盒潤膚液等瓶瓶罐罐。母親的梳妝臺上有隻深紅牡丹的漆器盒，專門放置耳環用。

他喜愛看母親梳妝完後對著大鏡扣上耳環，先側一邊臉扣上一隻，再轉另一側扣上另一隻。然後她瞧著鏡中妝扮停當的自己，抿抿上下唇，好讓唇膏顯得勻稱些。有時乾脆站起來，側轉著身體檢視周身，要等一切都滿意了，才肯離開這面大鏡。

他問：夾耳環痛不痛？

有點。她說：剛夾上的時候，待會就好了。

母親對著鏡子裡的他微微笑了下，露出頰上狹長好看的笑渦。

過去經常有人讚媽媽漂亮，說她眉眼秀麗，長相貴氣。但他覺得母親最好看的其實是她的笑容，好比一陣柔風吹來，臉上的笑春水一般漾開。只可惜，這種發自內裡格外舒心的笑容並不經常在她臉上出現，多半時候她總笑得矜持，甚至有些樣版化。

倒不記得父親特別讚美過她甚麼。母親打扮好跟他一起出門的時候，他頂多說句「你媽是雍容大方，不俗氣。」

想來父親那樣內向又拙於言辭的人，這大概已經是他對自己老婆最大尺度的恭維了吧。

母親的臥房永遠透著些微的昏暗。她躺在床上聽收音機看雜誌書籍，坐在梳妝臺前摸這弄那的，散放淡淡脂粉與身體混合的氣息，絲毫不察覺時間正悄悄流走。

父親進來。兩隻胳膊一字對開，唰一下將帘子悉數推開，亮光頓時湧入。

母親頓時放下手裡的書或雜誌，以手遮眼。

你快拉上。她說。

他遂將帘子拉回，立時屋內回復到方纔的昏暗，不，比方纔的昏暗更加的昏暗。

父親躺上床去，撩起褲管，拉掉襪子將之隨手一拋。轉身把床邊的收音機扭開，高昂的京劇唱腔或是空中英語或武俠說書流行歌曲，頓時迴盪開來。

父親耐不住而起身，他極不喜歡這種暗沉。小心翼翼將帘子拉開半面，確定陽光不會射到妻子臉上。

這時輪到母親起身，她說：我到客廳去吧。

她走後父親立刻翻身而起以極快之速將帘子悉數拉開。

白刺刺的陽光頓時湧入，溢滿房間。

酒醉後的瞳孔哪裡受得了如此的天光，他趕緊以手遮臉，將帘子拉回。奇怪核桃怎麼還沒回來，或許現在給她發條短信？約吃中午？

頓時，他驚覺到一種連結。現在，他和核桃，「他們」已經不是兩個毫無干係的單人而是一個一體的單位了。這個發現讓他止不住心跳加速，隱隱感到人生一個新階段新指標就在前面不遠處。

他在走出巷口去買簡餐的這一路上不斷琢磨，是否自己應該立即搬出去才對？也算正正經經全面經營一場戀愛的開始。否則一上來就居家過日子，吃喝拉撒洗衣晾衣倒垃圾生活雜碎全套，純粹老夫老妻的哏日子那還有甚麼意思？

不。核桃一定會說（同時飛他一眼）：你繼續住嘛。誰說住一起就不能談戀愛了？（並意味深長的笑了下）

吃完火腿三明治，他啜著加奶的熱咖啡，巧克力色的香熱液體溢滿口腔。幸福竟然如此垂手可得，說來就來了，比及時雨來得還快，而且下得這麼痛快嘩啦嘩啦輕易自然絲毫不費力氣。

也是。他終於覺悟：這才是一個地道成熟，真實的，值得走下去，會有結果的關係啊。以前談的那幾場戀愛，唉算了算了。他突然為自己過去的戀情感到不值和汗顏：啊，那都甚麼嘛。

繼之又為方纔一再思索昨晚到底有沒發生甚麼而啞然失笑。

不管昨晚有沒怎麼著，都是一個上好的開端，他感覺像是在廟裡抽中一個上上籤似的。不，比上上籤更好。他沉浸在看好未來一切的翩翩聯想之中，一路步履輕快的走回公寓。

不定現在核桃人已經回來了呢，不知覺的，他腳下越走越急切。

14

他躺在姊家堆滿雜物形同儲藏室房間的小床上，迷迷糊糊睡一陣，醒一陣，不斷被憤怒和恐嚇驚醒，心臟亂跳，感覺就像要從胸口竄出來似的。

一種真實無比揪心的屈辱使他怒火中燒，即使知道是在半夢半醒中。

他終於清醒過來。

旁邊沒有別人，一片黑洞洞。

他掙扎著爬起，索性到24小時超商去買咖啡。

從不知道夜裡的臺北竟然有這麼多睡不著覺的人。他進門時已有好幾個傢伙坐在桌椅區，其中包括一個頭髮結餅面色萎黃的女人；枯槁的身上掛著件萎綠碎花長裙，活像直接從紐約 Bowery 醉鬼街運過來似的。

他買了咖啡，用疲憊發澀的兩眼搜尋到一張空桌，無神地靠桌邊坐下。

結髮餅的女人拿一種近乎鄙視的眼光瞅著他。他與她四目銜接對看，他發現了，或許那神色並非鄙夷，而是絕望以及對這整個世界的唾棄。

深夜窗外清寂的馬路靜如深潭。偶而駛過一輛車，亮著車燈唰唰眨眼而過，平滑得好比一艘太空中航行的火箭。

咖啡讓他腦子活絡起來，也把夢魘式的恐慌驅除得一乾二淨。可他卻開始掉入無法遏止輪轉式的惡性回想之中。

＊

甫出公寓電梯，手電光幾乎逼得他睜不開眼，同時卻能看見兩個員警趨上前來，一左一右，手中電筒正照著他的臉。

腦中頓時一陣驚嚇得幾乎痲痹：核桃出事了？

在一連串的強行搜身，詢問，要求出示身分證等步驟之後，他竟然糊里糊塗不明不白被押解上車帶進警局。

這到底是個甚麼名堂？愚人節開玩笑還是電視情境秀的惡作劇？對啊，那怎不見攝影機呢？

請問，我有犯法嗎？

說這話時他確實心虛，聲音微微發顫。雖然他想他們肯定是搞錯了對象。

這時他聽見那警員對他說：何小姐剛剛做完筆錄，現在輪到你了。

他四下一望，卻不見核桃的蹤影。

難道，難道是核桃那頭出了事？想至此，他的心頓時打鼓似的往下一沉。搞不好他們以為他是共犯？喔拜託，核桃，拜託，你不會去搞甚麼吸毒販毒諸如此類或妳曾是毒梟黑幫老大的地下女人？

本來他還寄望著這只是個不快的夢境；人在處境不確定與不安心之下所做的揪心惡夢。現在看來這一切都是真的。

真實無比。

於是他聽見自己急急向警員解釋：我跟核……何小姐根本不是那種關係。我只是她的房客而已，我正在準備置產買房，不過貪圖個物美價廉才在她那裡分租一間房子，其實也才短短兩個月而已，不，還不到。我從來都是一個奉公守法規規矩矩的中產階級，甚麼壞事都還沒幹過而且也不會去幹。

你不知道我們為甚麼帶你來這裡歐？

他緊張地搖著腦袋。

像你們這樣的我看得多了。好好配合，你就沒事。

那警員繼續喃喃道：也對喔，要不跟你講清楚到時候你還抵賴說不知道怎麼做筆錄哩。

他聽出那警員的口氣頗有些耐人尋味的意思，彷彿是在逗弄一隻籠子裡的小動物。

他開始搔頭抓耳。到底為何他和核桃會雙雙淪落警局？總不會因為他私闖核桃的臥房吧？就算是好了，他也才進去一下下（而且真的是頭一次），就算他真想怎樣也都還沒來得及幹啊。

會不會核桃誣陷他？比如栽贓他偷她的珠寶現金之類（對啊，不然為何她也來做筆錄）？

可她這麼做為的是甚麼呢？看準要敲詐他？想說他正準備買房手上肯定有些積蓄？她早已策劃多時就等著時機成熟？搞不好她是這類慣犯也未必。糟了，核桃房裡會不會有裝針孔攝影機？就算他在她房裡又能說明甚麼？而且確實他甚麼都沒做啊。再說，栽贓也必須人贓俱獲才能成立，總不能憑空揑造吧。有裝攝影機豈不更好？而且是大好特好，完全可以證明他的清白了啊。

少胡亂瞎猜了。他告訴自己，憑過去的經驗，幾乎每次自以為準確的臆測最終都跟事實相差十萬八千里。現在最重要的是想辦法趕緊脫身離開這衙門，擺脫眼前這個耍著人玩兒的可恨警員才是。

他拉起臉正色道：你就不能明說嗎，我到底犯了甚麼法？

昨晚你去了哪？都幹了甚麼？

剎那間，記憶奇蹟般湧現。浴室裡自己不停乾嘔，想吐卻吐不出來。核桃拿來熱毛巾。一陣強溫溼熱驟然敷上臉面，舒服極了。她在耳邊喃喃嘮叨：這麼不中用喔？剛剛還那麼man，吐不出來就別吐，趕緊去睏。

歐，是這樣的……

現在他記憶恢復了部分，便有意賣個關子耍耍這警員，他將自己放緩和：

你這問題很好。關於這點喔，我也一直在想但還沒找到答案。歡迎你也來加入思考的隊伍。

你少來！那警員斥喝他住嘴：要想不起來，問題會很嚴重喔。

此時，腦中恍然乍現：

浴室裡，她欲扶起他來，無奈重心不穩一個踉蹌倒下去，他奮力翻轉起身，拉起她，一路趄趄趔趔攙扶她進屋去。到了門口，她站定，搖搖欲墜地扶住門框：我去睡了噢，晚安。

如她一貫那樣，用腳跟踢上了門。臥房的門在他面前闔上。

他彷彿突破甚麼障礙似的迫不及待提高了音量：我記得，我全都記起來了！對。一清二楚，那就是我所作所為全都合理合法，完全在憲法保障的自由範圍之內。

警員突然笑出聲來：你們還都像是一個師傅教出來的歐。

這時，警員的同事過來跟警員咬起耳朵。

同事走後，那警員又故意逗他：你剛才不是說自己在想昨晚到底發生甚麼還沒有答案嗎？

那我現在全部想起來了不行嗎？我**確確實實清清楚楚**的記得，我們先去附近西餐館吃飯喝酒接下來即便發生甚麼通通不關你們屁事！

我警告你喔，安靜下來，少亂來。這裡是派出所你知不知道？我們也不想多管如果不是那個何小姐來報案的話……

不知哪裡跑出來的一股凜然之氣讓他血脈僨張，驀地歇斯底里起來：

報案又怎樣？證據！拿證據出來！不然空口無憑老子可以告妨害名譽栽贓和誣告，甚至還可以告你們濫權、不當拘捕……

老實告訴你吧，就算你不是**強暴**，也是強迫性行為。

他腦子頓時被轟去半截似的，嗡的一聲失去知覺。

警員嘴巴開開闔闔。他腦子裡只一味地嗡嗡響，完全聽不見警員的問話。由內至外，從臉面身體到大腦內心整個淪陷到麻痺。

他陷入了極其可怕的不解和恐慌之中。那……這，怎麼可能呢？他驚嚇地捫心自問：昨晚都還好好的，一切正常。不，比正常要好得太多，簡直是站在世界的頂端，直可媲美天上人間。他倆表現得已是一對即將進入愛戀關係的情侶，情侶耶，那可是有感情基礎的，絕非甚麼野鴛鴦亂湊合一夜情之類。他們吃飯喝酒聊天賞景散步接吻以及酒醉後的相互扶持。但，怎麼……強暴？強迫性行為？強迫性交？

嗯看來自己受到妖孽的詛咒了。當一切都太美好，好到引起所有物種的妒忌，不意被邪魔窺見，便要使壞。有如火燒紙般，好端端一瞬間遭到破壞，化為烏有。他就是這樣從雲端摔落，墜入此刻這個突如其來的厄運當中。

他的臉色變得蠟黃，整張面孔風乾似的驟然縮水消瘦下來。心裡空落落的，又空又大又黑，一個可怕無底的黑洞。

或許是經他這樣一吵一鬧據理力爭，也或許警員實在是沒有證據，只憑一邊的空口告訴，且兩人身上既都沒破皮又沒大傷。因此，就在他湊合著做完筆錄後，那警員雙手一攤，無奈地拿恫嚇的口吻對他說：

你小子回去乖乖等法院的傳票吧。

就這樣，他們竟然把他給放了。

他感覺已經不是自己，兩條腿空落落的，像一具殭屍般走出警局。

站在街口，他不曉得要去哪裡。彷彿失去了神智，儘管不住打量，卻怎麼也弄不明白這是在哪條街上。

良久，才發現不遠處有個捷運入口。

他走下捷運樓梯，竟然出奇的冷清。他掏卡進站，一路走去，沒人特別注意到他。沒有人知道他剛剛才在距此不過二百多米的那間派出所裡被拘捕盤問強暴犯事。警員們竟然大膽放虎歸山，實在太大意了。難道就不怕他慣性難改馬上再犯嗎？

他有一種狂放大叫的衝動欲望，叫給所有站裡的人聽：喂，喂，大家注意啊：強暴犯就在此，八歲至八十歲的女人統統都不要過來！不要靠近！

我，對。就是我。不信噢？眼看那些女的一個個靠攏過來。他急起來：不信是嗎？要我強暴給你們看是不是？

捷運快車閃著大燈急駛而來。周圍女人前仆後繼蜂擁而上。

＊

咖啡喝完，他進入是否要續杯的長考之中。

要不要去續杯還沒想好，他竟樂觀的異想天開起來：如果有一種橡皮擦可以擦掉過去的人或事或更好的是乾脆抹掉整個發生過的一切，那就太好了。他現在最需要的就是這樣一個橡皮擦（或也可以是種注射劑，針管直接打進腦子的記憶皮層裡），如此擦掉不僅核桃而且是所有跟她有關以及沾邊的人、事、物。

這個異想不僅沒能把這場夢魇似的記憶刪除，它反而更加狂放肆虐，有如漫天蝗蟲傾巢而出，烏壓壓一大片黑雲般直搗而來。

他兩手緊抓衣領，幾乎要掐死自己。

不回想還好，這麼一想，事事都變得極為可疑起來。首先他想到的是最近這陣核桃的講話用詞似乎很有咄咄逼人的前衛傾向，難不成她腦子裡發生了甚麼深不可測的巨大變化？再來，他很自然想到了阿江以及當初他那麼熱心的幫忙。似乎，也許，可能，他直覺，這事肯定跟阿江扯得上絲絲縷縷的關係。但究竟是甚麼樣的牽連他卻理不出頭緒。想至此，他恨不得立刻找到阿江質問個水落石出。對啊，溫哥華又不是在外星，不相信找不到他。

即便找到阿江，又好幹嘛？他想起那通半夜打來無厘頭的電話，難不成阿江想警告他甚麼？這混蛋，那當時他幹嘛不直說？

要是阿江曉得他鬧這麼一齣（搞不好他已經知道了），不知該怎麼上頭上臉消遣他才好呢。他幾乎可以看見那小子露出一臉訝異混合以稱頌加憐憫的表情「不會吧？老郭，這太令人驚嚇了！」

他想起夜店那晚的恐怖狂歡。啊，怎能在阿江帶他渡過那要命的荒淫之夜後還信得過他？還敢繼續留住在阿江介紹的公寓裡？媽的，這已經不是傻了，這，這簡直……

最後，他問自己到底想找甚麼樣的結論，難不成他是在猜阿江核桃共同策劃一個請君入甕的陰謀還甚麼的？

可能嗎？

一個聲音告訴他這種由結果推算初衷絕對是等而下之最最不可取的推理與無稽之談。另個聲音卻說：當然。這不明擺著的嗎，根本不用想就知道的啊。

但他倆幹嘛要來精心策劃這一齣？為的就是「身在秀裡頭」？亦或詐財？謀取甚麼最大利益？

你還真天才哩。似乎聽見小哥這樣取笑他。

那麼，又會是甚麼呢？

他想起當初自己對核桃性傾向的種種好奇懷疑。哦當時能猜到的幾乎全想了個遍，哎怎就沒想到她，會是個強暴幻想狂或強迫性交幻想癖呢？

再不然，就是她曾被強暴凌虐過以致日後每逢任何親暱的身體接觸便會不由自主複製同樣的被虐經驗？

喔還真有想像力歐。幾乎聽見阿江取笑他：別再給自己找臺階下了好嗎。

也是，這種機率雖不是沒有，但微乎其微。

他去續了杯。嚴肅以待吧。他告訴自己：可不是鬧著玩的，過不了這個坎，就得完蛋。

靠著續杯咖啡產生出來的振奮能量亟力追索，他感覺腦細胞不斷增量滿漲，幾乎要從腦殼裡溢漲而出。就這樣，一直想到頭顱發木，想到疲軟，他甚至開始產生可怕的幻覺，竟而強烈的懷疑起自己來了。

會不會？難不成，核桃的指控屬實？他的確在她不情願的狀況下強制與她發生了甚麼？難道強行與她發生性關係一直是潛伏在自己意識裡的欲望？

是的，他喝醉了酒。即使到 101 散步後酒醉仍舊未醒。在涼風吹拂的街頭，他清楚記得他的手攬上她的肩頭和手膀。指尖似乎還殘留著她手膀腴脂水滑的觸感。

直到那一刻，他們還是很文明很抒情的順著大街漫步。但就在他的眼角餘光瞥見 101 大廈尖頂在夜空中閃爍灩灩寶藍光環的那一瞬間；突然，內心某隻意亂情迷狂暴的野獸奮而張牙舞爪剖腹而出；他霎時一個扭轉；大力扳過身邊這個修長高挺的女人，極盡瘋狂的吻住了她。

他記得，那是個耐人尋味纏綿的吻，像是他把這一輩子所累積的全部性感經驗和能量都在這一吻中釋放了出來。吻後，他竟感到渾身乃至於四肢整個癱軟（蜘蛛精藉那吻吸食掉他身體生命的精華？）

核桃攔下一部車，七手八腳將他弄上車去（這時他腦中竟出現長爪螳螂捕蟬的畫面，其逼真一如動物頻道上的特寫鏡頭）。

上車後他立刻昏暈過去。想必其後是核桃和司機兩人將他半拖半架弄進公寓的。

然後呢？

他在浴室乾嘔，核桃擰一把熱毛巾遞過來。她歪倒，他送她回房。

自己就此沉睡過去。似乎還有一個夢境的印象：彷彿躺在雲端安眠，浮飄無重但是無比溫軟安祥，總之，是極其甘甜的沉睡滋味。此時的自己，一定發出極大的鼾聲吧。

再後來……

自己突然於睡夢中醒來，像是放心不下一件未完成的大事似的驀地起身著魔般逕直往核桃房間而去。他推開門，在瞄見斜躺床上酣睡中修長四肢的女體時，頓時猶如一隻雄蟲般迫不及待攻撲上去。就像大部分動物的交配那樣，雄隻多半直接用強，硬上。咬住雌隻，用爪困到她無法動彈，一旦進入，她就只能就範。嘿啊。

是嗎？

是這樣的嗎？

但為何醒來時他是在自己床上？自己的屋裡？而且衣衫（睡衣褲）完好？通常這種情況不都睡在女人床上的嗎？何況他的是張單人床，哪裡夠兩人翻來滾去的做那個？

難道，難道自己竟開始不自覺的製造起偽記憶？因為核桃的指控，致使他開始產生記憶的幻覺，一步步迎合起她的指證來。

呃，呃，他突然感到害怕焦慮異常幾幾乎要小便失禁。

直等喝完外帶回來的第三杯咖啡，他才突然開了竅。

他媽的甚麼都不用說，也不必多加揣測。既然她已經報了警，這案子即將進入司法調查。法律講的是證據，不管你說得怎樣言之鑿鑿天花亂墜最後還是都得拿出證據來。他終於知道為何自己兜裡的晚餐信用卡收據會不翼而飛。看樣子這女人沒他想的那麼單純，還胸大無腦呢，真正無腦的是他自己吧。

這麼說，核桃肯定也有他體液的證據囉（若真有其事的話）？那晚（最遲清晨）當他還在夢中睡豬覺的那會兒，她就已經去醫院做過檢查了？

如果是這樣，甚麼都沒得說，等著挨告，等著判決吧。

若她沒有證據呢？

沒證據那還說個啥。

他耍流氓的想：豈不一切海闊天空，天下太平了麼。

15

他站在捷運車道前，手指捏著褲袋裡的悠遊卡，有意無意將視線對準了那條凹陷如渠道般深邃的車道。

幽微，黯魅，深遠，無頭無尾的延展，屹立不搖如永恆。

一個突如其來的閃念策使他驅動身子一個箭步前傾，幾幾乎就在這一秒他將自己拋出，如同皮球那樣彈跳空中，然後一躍而下，人整個失重，空中一個翻轉，直直墜落寬深黯魅的車道。

霎時一陣強大捲風驀地閃至，颯颯將他掃回月臺。

他趔趄站定。幾乎在同一瞬間，列車自臉前開過。

由火速閃逝的列車窗中，他瞥見電視正播放自己墜落車道的新聞。播報員一字一句清晰說出某男子疑是跳軌自殺，屏幕上映出的不正是這道月臺嗎？對啊。他再想看清楚些，影像卻就此消失。

其實他並不想死，只想感受一下從高處墜落的滋味。

對。那種從高處失足的墜落感，

以及其後毀滅性的碰撞。

當他站在高處，經常會產生突如其來想要往下跳的閃念。真的好險，剛剛差點就下去了，現在心臟還在不住怦怦的打鼓。

核桃事件爆發之後，他時常無端陷入一種絕望的焦慮。百思不得其解，自己怎麼會一下子墜入有如十八層地獄的衙門？到底，到底是他還是核桃發生了變化？是怎樣的一種魔法轉折使這一切竟以如此荒唐的超快速度變黃變餿變惡變臭？難道自己真的已經絕望到要臥軌自殺的地步了嗎？

*

他不停揿按遙控器，翻轉各台。

超薄晶溢體電視屏幕上終於出現了讓他眼熟的動物影像。

他靠倒沙發上。畢竟這個世界尚未整體崩壞，畢竟還有那麼一些角落不存在腌臢的人類。

在某一刻，手指無意識按下遙控器，不知甚麼鬼使神差，他竟，竟然在姊家的電視上看到核桃。

是她。

儘管打扮那麼濃豔甚至帶些誇張的滑稽感，但他絕不可能認岔，怎可能呢？他們曾經同住過那麼長一段時間，不是嗎。

老天這甚麼節目？以前從沒見識過——布置得有如新婚蜜月搶眼桃紅色的一張大床豎起在臺子中央，她穿戴半可愛半性感類似睡衣又似兔女郎的裝扮。

核桃（沒錯，是**她！**）正在屏幕上大言不慚：

實在怎樣怎樣也沒想到這種強迫性的性行為會發生在我身上……

確實這是她的聲音。**不會錯。**

當他聽見「強迫性的性行為」時背脊骨颼的一涼，有如子彈轟頂，立馬在他頭上炸開了。

主持人：您先前曾說是強暴。您確定是「強迫性交」而不是強暴嗎？這兩者在本質上是很不一樣的歐。大部分強暴是出於恨，是一種暴力傷害行為。而「強迫性的性行為」大家都知道囉就是一方強迫另一方發生性關係。

他杵在電視前眼睛眨也不眨。直盯核桃在屏幕上帶有挑釁意味的說：

難道「強迫另一方發生性關係」就不算某種形式的強暴了嗎？

她用那張塗著亮光唇蜜連其上細紋都拍得一清二楚的嘴唇（他心一緊：那可是自己曾經吻過的呢）邊嚷嚷邊指手劃腳：

夜路走多遇到鬼你知道嗎？實在是我太粗心大意也太阿沙力了。租房子給男人真的要小心，對啊，嘿啊。

她瞬間轉換表情，兩眉倒掛一副十足苦主的倒楣樣，倒是沒忘精心化妝確保看上去百分之百嬌豔欲滴。在超薄數位化晶體液面，畫質超清晰的屏幕上，核桃手工黏上去再用睫毛膏一根根刷過又長又彎又翹的睫毛清晰可辨，更別說細緻勾畫出來的唇線眼線眉線，還有摻著銀粉的眼皮膏兒。如果在場有隻蜜蜂，肯定誤以為她的臉龐是朵大花，立馬鑽進鼻孔採蜜去！

可以告訴我們這是你第幾個男 roommate 嗎？

她竟連 roommate ——男房客這樣的細節也抖出來？他感到血管凝凍住，頭皮陣陣發緊。底下還不知她要爆出怎樣的內幕。他真的要哭出來了。

如果說——主持人再度發話：如果郭哥跟你鄭重道歉，你會接受嗎？還是要堅持提告？

她的口氣瞬間激昂起來：他以為我跟他分住房子就理所當然表示我可以跟他那樣？這種心態說穿了就是父權文化在作祟。

連「父權文化」都出籠了，真他媽的扯啊。

他無心再聽下去，一心記掛著方纔那個「郭哥」。

確實有提到「郭哥」，沒錯吧？

他不再血脈賁張，而是冒起冷汗，兩隻手掌溼漉漉的，只好不住往褲子上去擦。

幻覺。

肯定是。幻覺。

要不，就是部分取代性幻覺——明明電視上講話的是別人，卻因焦慮或危機意識作祟而將其看成自己腦中的某對象。

對。是取代性幻覺，沒錯。核桃，她怎可能說出這樣的話來？她那腦袋瓜裡壓根就沒這樣的字眼。再說了，她怎可能上電視？她甚麼人？哪來的關係？製作人幹嘛找這種既二又三八的人上電視滿口胡說八道？而且哪有觀眾要看她這種半老徐娘？年輕的美眉排著隊等上節目的多著哩。你想啊，沒觀眾就沒收視率，沒收視率就沒廣告，沒廣告就沒進帳，沒進帳節目還不就得停播嗎？哈哈哪裡會有那麼傻的製作人。肯定是取代性幻覺沒錯。

慘了，自己神經分裂了嗎？即使沒嚴重到病入膏肓卻也病得不輕。此刻，儘管他兩手掩耳抱頭，仍舊無法阻擋眼縫中所瞄到超大屏幕上不斷出現的核桃的特寫。

*

他從未像這一刻如此的感謝他的工作。公司的幾個項目讓他沒日沒夜忙得團團轉，一心投入工作的結果是腦袋整個變得超邏輯理性，之前發生核桃上電視的妖魔鬼怪亂想一概化為烏有。

下了班，儘管疲累，心情卻還算輕鬆。他在捷運電扶梯的緩緩上升中，不意瞥見樓上商家一面電視牆。

他一驚嚇，竟沒發現腳下的輪帶已經到頭，差點踉蹌摔跤。

怎，怎麼會這樣？

超薄晶液高畫質的視屏幕上，妝化得精美到有如帶著一張面具的核桃一下子表情超痛苦就差流下淚來，一會兒甘暢淋漓咧嘴大笑（竟連這裡的電視也出現核桃的特寫？）一會兒又不斷比著手勢在那兒嚷嚷：

郭哥他平常歐，人是看起來是滿宅，滿君子的。但搞不好就像你說的百分之五十以上的男人都性幻想過強暴……

（看來，她至今仍分不清強暴與正常情欲的性質分野。）

主持人冷不防問道：那妳呢？對他有過性幻想嗎？

核桃瞬間睜大雙眼：根本追我的人就很多啊，都要排長龍你知道嗎？

在場的專家說：性幻想跟有多少人追妳完全擦不上邊，風馬牛不相及。性幻想是一種欲望，一種情欲。一種想像力。必須通過想像來得到滿足，這跟現實的情況完全兩碼子事，妳聽明白我的意思了嗎？

幻想喲？

核桃頓時陷入困惑。

越來越多的好奇行人停下腳步，在電視前佇足觀看起來。

主持人：你們一起同住有多久？實在很難相信妳和郭哥真的都那麼把持得住、不曾有過甚麼擦撞嗎？比如不小心打開浴室的門，對方正在洗澡。或夜裡起身不小心走錯臥房之類的？妳在情欲高昂的時候難道從來就沒想去勾引一下郭哥？很難相信像妳這樣主張情慾自主的女性……

核桃忽地把臉一整：哎，這種限制級的問題我是不是可以有不回答的權利啊？

他再也不堪忍受，如過街老鼠般鬼鬼祟祟偷偷摸摸趕緊以小而快步的挪移方式逃之夭夭。

*

算算差不多有一個多星期了，他已不只一次在電視上看到核桃。真實程度達百分之百，簡直不可思議。只有一點，就是那些用詞用語不大像平常核桃的發言，但絕絕對對是她的聲音沒錯。

但他弄不明白的是，她若真是被人強暴糟蹋，怎能有精心裝扮上電視發表高論的心情？她該哭紅腫雙眼，臉色萎黃憔悴。絕不可能這般精神奕奕滿口栽贓同時卻又裝成苦主的惡婆相。

看來顯然是自己精神出了問題。要去就醫嗎？但怎麼開口呀？老天世界上有這種病例嗎？臺灣的醫生能診斷得出來嗎？搞不好自己開了精神病的一種新例也未必。全球七十億人口，怪病多得是，還怕醫生會被嚇死不成？無論如何，他終於下定決心，如果看電視再出現核桃幻象的話，明天，對，就明天，立刻去掛精神科的門診。

他越怕還越是想要找來看。一回他姊家鑽進那間窄仄的小室，床上一坐便開始翻轉頻道。找沒有的時候，便趕忙安慰自己，就是嘛，早知道的，沒錯，是幻覺沒錯，然後身子一歪暈沉昏睡過去。

他在一陣嘰哩呱啦的講話聲中醒來，睜開眼，電視上出現的又是核桃。

……為滿足一下我們對郭哥的好奇，妳知道他以前都交往過甚麼樣的女友嗎？（底下爆起歡呼）

核桃立即接下話茬：對，他有交往過外國女人。但老實告訴你，就是老外鬼妹想嘗嘗咱小黃狗的滋味啦（觀眾爆出一片謔笑口哨），人家根本沒把他當回事。

你可以跟我們形容一下郭哥嗎？比如說，他長怎樣？

長怎樣喲？他就是那種有時候很悶，但有時候又很 man 的傢伙。對啊，很悶又很 man，有時簡直傻蛋一個——但誰知道是不是裝出來的？有時候又聰明絕頂。

看來郭哥對妳還是滿有吸引力的。他有甚麼重大缺點沒有？就是妳絕對無法忍受的，是甚麼？

嗯……對，就是他那口牙齒啊。不曉得是不是牙周病？搞不好歐，是啃洋女人屁股啃出來的（周遭立馬響起一片爆笑）。

有人喊道：這次他有啃妳嗎？

底下一片鼓譟，尖叫和口哨。

這還沒完。忽見鏡頭一掃（到底是不是自己的幻覺欸？）核桃霍然轉身而起一把舉起椅子就向喊出「這次他有啃妳嗎？」那傢伙頭上砸去。現場爆出尖聲驚呼。看樣子還真不像是預先排演好的。

就在這關鍵時刻電視卻不知怎的竟然該死他媽的一黑。

他人整個為之狠狠一震：這……真的是從那個他所認識的核桃嘴裡說出來的嗎？

及之細想，也是，核桃一向有其特殊的話風，就是將親暱訕笑挖苦謾罵整個的混為一談。比如她會說「晚上要去跟幾個死日本鬼子（或死洋鬼子）應酬吃飯啦。」而那幾個「死日本鬼子，死洋鬼子」全是她要好的客戶和朋友，她這話其實毫無貶意，不過帶些彰顯自己大姊頭的意味加上某種親暱的玩笑成分。好像言辭上若不惡損他們一下又怎能表示出他們鐵哥兒鐵姊兒們的交情來呢。

他攤倒在小床上，整個陷入一個迷惘不知如何釐清現實與假象的渾沌狀態。

這到底是怎麼一回事？

他的思緒迭宕起伏，飄飄遙遙想起自己所在的這個孤立於太平洋東南海域裡的小小島嶼。這個蒼綠色的，上頭層層疊疊山脈起伏域壑縱深，在深不見底蔚藍的水域中看起來是那樣的孤單離世，如同一個孤立小山頭似的遙遙屹立著。這蓬萊之島到底是否為一真實世界？為何在這島上栽贓屈辱竟會毫不費力轉換成消費式的娛樂？這一切都是真的嗎？都算數嗎？還是只要上了這島便如同上了一條遺世獨立幻象的賊船？

16

一隻蟻后，巨無霸體型，脂腴水滑肥白肥白的，大約是一般螞蟻的百倍大。因為身軀太大太過肥軟而無法動彈，只管躺在那裡不停的下蛋。從她身體下部持續排出沾著黏液的晶黃圓亮的卵。

在那超巨黏軟的身軀旁圍繞一群瘦小的黑工蟻（起碼四五十隻）正上下其手十分起勁的忙活著。

旁白：工蟻必須隨時不停地為母蟻清除身邊的垢物，以便讓這她可以心情舒暢清潔健康的每天二十四小時專心一致的生卵產卵…………

他四仰八叉攤在姊家小房間的電視機前，悲觀且絕望。如果能夠選擇的話，生為一隻工蟻一生一世為專門下蛋的蟻后清洗下體，或許還比自己現下的遭遇要來得幸運。

＊

姊姊閃身進屋。

他忙不迭跟她告狀：你倒說說看，這到底是個甚麼名堂？

她瞪著他，猶如醫生瞧病人那般（整修過的雙眼皮看起來又大又新）：跟你說，**還真不是你的幻覺欸**。何玥桃去上了電視——還不只一個八卦節目有好幾個。把你們的事有的沒有的說了個—**鉅—細—靡—遺**。

你聽見我說話沒有？

他用雙臂將自己環抱得緊緊的，一副等著類似世界崩潰末日降臨的預備姿態。臉色因膽寒而萎縮得小而萎黃，大腦五臟六腑都在超速壞死，自己即將在幾分鐘內被摧殘成一廢人。

唯一可告慰的，還好她沒衝破最後防線抖出你的名字來。除此之外那張破嘴甚麼聳說甚麼。

他將自己的碎片一一拾起，掙扎著將其整合成箇。稍許，他終於想出一句合情合理的話來：

你倒是說說，為甚麼她可以跑到電視上去講？這電視，難道隨便是誰都能上的嗎？歐買尬你怎早不告訴我她就是何玥桃啊（哭天搶地）在臺灣有哪個不知道偏就你不知道她是誰。

他剛打進「何玥桃」按下「搜尋」，電腦屏幕便迫不及待跑出來滿滿一篇消息鏈，他一瞄底下1234567……看來還不只十頁，當然這裡面很多都是重複。一堆購物頻道加上視頻，各大報影劇版社會樂活養生美容旅遊，林林總總。她，核桃，竟然是個名人。

這不是多年前紅衫軍嗆阿扁下臺的畫面麼？核桃頭綁紅巾身著紅衫在凱達格蘭大道的人潮前高舉雙手比V……

她呀。哪鬧新聞哪潮便往哪鑽。

他徹底感到自己被這個世界擊潰。關於核桃的這一切，他竟然可以毫無所知。那阿江呢？阿江他知道嗎？為何不曾向他透露絲毫？

居然還把她形容成歐洲電影裡的女主角。早告訴過你看電視不能光看動物不看人類，尤其不能不看本地新聞，包括那些狗皮倒灶的政治八卦。因為這些全都牽一髮動全身跟你息息相關你知道嗎？何玥桃就是先在賣衣服和化妝品的頻道上露臉，她特能鬼扯甚麼瞎拼購物美容保養諸如此類的小秘道，加上很會暴料自己私生活，講話三八又白目……

他姊圓睜著修復成功的大眼不停跟他報：人家一時新鮮找她上脫口秀，誰曉得就這樣一夜之間爆紅。前幾年何玥桃有名到家喻戶曉，你居然不知道。

他撒氣似的軟趴趴攤在沙發上。這不是幻覺，**是真的**。

原來，這兩日核桃和他的新聞早已滿布網路娛樂新聞版面，如今已有上萬或幾十萬甚至上百萬的人，加深認識何玥桃這個女三八和強暴犯郭哥。

頓時，他意識到自己被強行改換了一個新身分，來勢之突兀，之猛烈，彷彿眨眼間被惡魔掉了包，他渾然不知要怎麼去面對和適應，更惶惶不知如何自處。

他曾幻想過多種身分和多種處境，卻從沒想過如此具爭議性，如此的臭名昭彰，自己竟會淪為罪犯。

得冷靜，不要慌。他思索著，強暴犯該是個甚麼樣？猥瑣？怪異殘暴？不，他最先想到的是那些曾被指涉強暴的社會名人。他們大都衣冠楚楚，不是豪門子弟便是口齒伶俐的政客，媒體人或體育明星。

但自己可不是那類名人呢。他琢磨著今後該如何厚著臉皮做人才能符合此一新身分？才不至於如過街老鼠般人人喊打？才能繼續苟延殘喘地逃命求活？

*

其實，姊姊也是曾經上過電視的。

瞬間他腦中掠過塵封許久的一筆記憶。

姊姊離家後一年多。突於某日，週末的電視節目裡，他們看到了她。那是當時最夯的五燈獎節目。忽然從那個高高胖胖主持人口中他們聽見姊姊的名字，接著蹦出一個時髦俏麗裝扮的阿哥哥少女。是姊姊！是她。

她先與主持人相互問答如流，緊接音樂響起，身著迷你短裙搖晃著兩隻大耳環的姊姊便勁味十足的一下仿猴一下又如機械人般跳起了當時最為時髦普通人都還不太知道（更遑論看過）的阿哥哥熱舞來。她化著濃妝的眉目像透了當紅時髦的影歌星，渾身上下包括舞姿全都讓他們感到百分之百異樣的陌生。只是在奇裝異服的包裹和新穎的舞態動作之下，他們連細看也不必就知道那根本就是她嘛。

他和母親先是面面相覷，繼之目不轉睛盯著電視。舞跳完了，大家緊張地等待分數。主持人權威地大聲報著：（大燈亮起）一個燈，兩個燈，三個燈！

阿哥哥女郎在確定得到三個燈的獎項之後雀躍跳起，雙手合心快樂無比，興奮的與主持人對話，咧著嘴露出青春潔白的牙齒開心笑著鞠躬道謝下臺翩然而去。

整個過程既緩慢得有如永恆（跳舞表演當中），最後完結的迅速又飆快得讓他們措手不及。待她離開舞臺，他們仍意猶未盡直直盯著電視，雖然方纔她的新奇怪異舞姿令他們感到極度的不安，但此刻卻衷心希望她能再度回到台上，想再回味一下她的風姿和身影。對啊，至少得再來一兩個謝幕甚麼的吧。

直到下一位表演者上臺，他們確定她是不會再回到臺上來了。他這才呆呆看向母親，不知該說甚麼才好。

他從沒看過母親那麼怪異的反應。像是整個社會，不，是舉國上下的人都在這一刻盯著她看似的，明白了那就是她某某的女兒剛剛在電視上表演了那麼一齣顛覆傳統離經叛道的舞蹈，她的臉上除了凝重之外還帶著異常窘迫的神情，一陣白一陣紅，眼珠子亂竄了幾下，卻在漲紅緊繃下掩不住絲絲驚異，甚至挾帶些許興奮。

母親嘖嘖幾聲驚嘆，幾近口吃地說：她，她這是⋯打哪學來的？

自姊姊上過電視出了鋒頭之後，不久報上即登出她參加百貨公司一個叫做「開絲米龍毛衣公主」的選美活動，並晉入決賽的消息。報端刊出一張她美美的大頭照。但，怎麼搞的？不但髮型化妝成熟許多，她看起來與從前確實不一樣了，最明顯的是割了雙眼皮，還有，臉上說不上哪兒也有些變了樣。

在那一兩年中，姊姊一連串戲劇化的改變頻頻讓他們錯愕措手不及，母親似乎已經習慣姊姊丟過來一個接一個的驚嚇。她表面強作鎮靜，照樣上她的班，過他們的日子，事實上她早已徹底無計可施，唯一能做的就是不提，不語，不談論。其他就只能由著姊姊去了。

17

一種身體長得酷似一根樹枝的螳螂，牠灰褐的體色，細長如細枝般的身軀，當其趴在樹上或翹起身子準備獵食時簡直像透了樹幹上長出的一根樹枝，以致其他昆蟲不及防備而被牠捕食。

一種舌頭其長無比的蛙，帶著黏液的舌頭如橡皮筋般可彈射若干英呎，準確無比以迅雷不及掩耳之速將小昆蟲舔而捲食之。

有一種蜥蜴，當敵人來襲時，牠的眼睛會立時噴出血來，濃稠腥臭的血漿立刻將敵人嚇跑。

還有一種樹蛙……

他將遙控器啪一聲按下。電視畫面頓時縮成一道亮閃的白光，之後一片漆黑，失去了生命的跡象。

反正已經這樣了。姊姊兩手一攤。

他看著眼前的姊姊，以一種不敢掉以輕心的眼光瞅著她。不明白她怎能對核桃電視開講這回事如此的平常心視之？並且，彷彿，似乎，還有些些……喜形於色？她還是人嗎她？難道她跟核桃是同國同種？也是妖？

要不，我幫你去臉書直播開講？總之，話語權不能給她一個人搶去。

還話語權呢。他啐道。

她甚而有些些得意起來：這還是我們老楊的點子欸。

他一聽，氣炸：你跟姊夫說去了？你還跟誰說了？

一想到她到處與人去嗆咕這事他旋即變得無可忍受幾乎就此發起狂來。

這時她低下眼瞼（開過雙眼皮的粉紅色割痕觸目驚心）：

何玥桃可是隨時都有可能抖出你的名字來。真的。那張嘴簡直就是蓄勢待發，搞不好，現在都已經說出來了。

她重複叨唸：

隨時都有可能。你可要有心理準備噢。

噢你個頭噢！他瞬間野獸咆哮起來：你還是人嗎你？混帳三八王八蛋巴不得冒出這麼大條事來……

其實，他不太能確定自己的發怒是真的，更多的可能是在人前強作正常的暴怒反應而已。還好，他尚能感覺自己的意識遊走在正常與瀕臨分裂的邊緣，彷彿走在滑泥漿的邊沿，隨時一個擦滑都可能越出界外。

他表現得像一個內裡已如焚化爐般焚燒著熊熊毀滅性烈火的傢伙，不顧一切躍蹦起來，衝出門去。

他根本不知道自己要去哪裡。他奔出小巷，奔上大街，橫衝直撞，差點撞到一輛小黃，又險些撞翻一個騎 50CC 小摩托車的女人。最後他衝到地下道的捷運站裡，在那裡他慌得顧不上多看就跳上一列來車，沒幾站，又因按捺不住如焚的內心而逃出車廂，在幾進長長的樓梯上急竄，隨即再轉跳上另一趟來車。

最終，他發現自己來到市郊念過四年的那所大學。

走在校園的大道上，他驚異的發現校園和校道都縮小了好多，更別提周圍的年輕人了，怎麼看起來那樣不可思議的幼稚。

他走出校園，踱步附近他當年租住過的公寓巷弄中。走到過去住所的樓下，他特意朝三樓的窗子望去，瞬間，竟有一種被過往時光沖刷之感。

繞了兩圈之後，頭腳彷彿被灌了程式似的，他走進那家他所熟悉的自助餐店，一切如舊。老闆娘正拿著瓢往燒肉上潤湯汁，其仔細程度就像是給誰上妝似的。老闆在後頭收銀櫃坐鎮。整個空間瀰漫菜飯蔥蒜油醬煙的氣息。

他並不餓，絲毫沒有食欲。卻自動取了杯盤，像以往那樣，隨意選了兩葷三素，給自己盛了碗湯，坐下吃將起來。

＊

大學時他一直住宿在外，最後跟母親同住還是上高中時。那段日子家裡雇用的是鐘點工，一俟母親下班飯菜擺上桌工人便回去了。接著他放學，和母親兩人對坐吃飯。通常都不開電視，母親說人累的時候不想看電視，連聽著都覺得累。

他們之間話不多，通常他狼吞虎嚥根本顧不上說話，即使對話也都不出學校考試功課準備如何要不要補習之類。偶而，她也會跟他提起銀行的工作或人事變化，誰誰誰被排擠下去，誰誰誰又晉升了，誰家孩子怎麼了誰家老的又怎麼怎麼了。他有時悶悶聽著，有時沒好氣的衝她發作：

就不能說點別的嗎？煩都煩死了啦。

她抬頭驚愕看著他，不知自己哪裡說錯或做錯。若是問起他的功課，他更有理由跟她抬槓頂嘴，使性子發脾氣。或乾脆忽地一下站起推開椅子走人。

有時她實在氣不過，隨口罵幾句，抬手打兩下也是有的。但大部分時候她都放水，深深一嘆：「忠言逆耳，良藥苦口欸。」

他也不明白自己為何對她這麼兇。忘了從何時起，他開始憎恨她。是她，是她阻擋了父親的回家之路，進而推波助瀾釀成悲劇。難道不是嗎？

這樣的日子一直過到他離家去上大學。之後他當兵，出國。他再不曾跟母親長時間同住過。

倒是在母親的這段空巢期，曾經屢次逃家的姊姊竟搬回來住過一段時間。

他放假回家，驚訝的發現姊姊將自己的臥室從頭到腳重新裝潢了一番。她把牆壁悉數刷成淡粉紅色，桌椅床等傢具一概漆成同一款粉紅。還有粉色燈罩，粉色枕套與粉色的床單床罩，粉色拖鞋，地板上鋪著橢圓的粉紅茸地氈。粉色書桌上站著一排當時風行的書籍。書桌上擱著一個粉色相框，裡頭是她榮膺毛衣公主的黑白特寫照，頭上帶著頗為精緻的鑽石小后冠（那當然是假鑽）。后冠就供在她牆壁擱板上的一隻玻璃匣子裡，閃閃發著光。

早上，她披一件粉色的毛巾布晨褸出來吃早餐，晚上臨睡前也同樣披著那件東西，慵懶的趿著粉色毛絨球拖鞋。她的臉經過幾次修整後輪廓變得凹凸有致，他都有點不大敢認了，有些陌生，但又假得可愛，說不清到底是怎麼回事，彷彿變魔術般鑽進一張面具裡，或許就是這樣。她活在自己吹出的粉紅泡泡裡，肯定充滿了夢幻，或許還有洗刷的快感。

彼時姊姊在一家企業上班，每天早出晚歸，週末常有約會應酬，偶而有男性朋友造訪（其中有個來教她彈吉他的男生）。他們練唱一首英文歌曲（姊姊說原曲來自巴西），他還記得，歌名叫做〈來自伊潘尼瑪的女孩〉The Girl from Ipanema，她搖曳著身姿輕唱：

Tall and tan and young and lovely,（高䠷，深棕，年輕綺麗）
The girl from Ipanema goes walking,（來自伊潘尼瑪的女孩走過沙灘）
And when she passes,（當她走過）
Each one she passes goes, aaaaaah……（行經的每個人都讚嘆一聲：啊……）

抒情輕快帶點憂傷的曲調不時從屋中飄揚出來。

無疑的，姊姊是快樂的。

倒是他，感覺這一切都不太真實，或者，怎麼說呢，就是不靠譜。他不時躲在角落窺視，感覺姊姊像是被人調了包似的。她的捲睫毛，翹鼻尖，滾圓飽滿的額頭，尖削的下巴……這真的是她嗎？彷彿連同她的快樂也跟著令人質疑起來。

更讓他詫異的是，母親對姊姊這些以前她絕對不能容忍的行徑竟然全盤接受。看來母女間的對立已然消彌，亦或母親已被周遭的世界侵蝕。整天街頭巷尾不斷放送著的搖滾，姚蘇蓉「今天不回家」呼嘯著的唱腔以及美國搖滾樂野性和解放的嘶吼，她恐怕已經不知不覺的被全面繳了械。

事實上，母親在這段時間，也曾與一個男人有過一段不算短的密切交往。那男的過去在電視臺當過編劇，與母親相識時已經退休。其實他是有老婆孩子的，因都在國外，所以他在臺灣時表現得就像自己還單身似的。母親要他們喊他洛叔。這位洛叔每年回臺一次至數次不等，雖已正式退休，時不時還能接一些外包案子的編劇活兒，就像候鳥那樣，隨著打工氣候的變遷，忽而就飛回來了，忽而又飛走了。

母親認識洛叔後，人整個煥發了，一掃過去多年沉寂的陰鬱，她忽而變得年輕活潑起來。洛叔每次回臺，一週總要與母親見上好幾次，有時母親把他請到家裡吃飯聊天，有時兩人一起外出看電影，上館子，還有，喝咖啡。就在那段期間，臺北忽而瘋狂冒出一片形式各異但本質上不脫媚俗與浪漫氣息的咖啡館來。或許，他們還做了些其他的一些甚麼。比如，像是，造訪與咖啡館同時冒出來的那種附帶餐廳的摩登小旅館。

母親甚至和姊姊一塊練習交際舞，還要姊姊教她跳探戈。週末更是經常在家裡開舞會甚麼的。

那陣子臺北可流行這種家庭舞會了。只要家裡有間尚稱得體寬大的客廳，把傢具移至兩旁，如此空出一個場子來，再把家裡所有的椅子都搬出來排排擺上，一架唱機和幾張各類流行舞的音樂唱片，準備點吃食飲料甚麼的，就可以開舞會了。

舞會開始時將大燈熄掉，開一兩盞暗暗的小燈，音樂一起，立刻就有男生去請女生翩翩起舞。講究些的還有人在天花板上掛起五顏六色的紙彩帶和彩球，黑暗中再掛上一明一滅的彩色小燈泡，舞會的氣氛立刻就出來了。他家也有過幾次這樣大搞過，比如聖誕夜和慶生會甚麼的。通常來他家舞會的大多是姊姊的朋友同事，都年輕人，除母親和洛叔之外。洛叔對這樣的機會從不放過，他是母親固定的舞伴。這人舞技嫻熟，不徐不疾，轉身倒退輕盈俐落，他帶舞步生疏的母親綽綽有餘，一看即知是跳了一輩子交際舞的人，大概從年輕時就是個中老手。

那段時日母親不但快樂而且是年輕的。即使當時他不住在家裡，也能從寥寥數次返家時感覺得出來。

至於那個被青春沖昏頭的姊姊，除了熱愛粉紅，更熱中美容。不管母親如何大力阻止或規勸，她不僅不聽，還一次比一次大膽，一次比一次更大手筆。為了這個，姊姊再次搬出家去。

這以後，他們誰也沒再回家與母親長期同住過。幾年後，母親已屆退休，盤算著要把公寓賣了，換一戶較新較小的單位。

一定要有電梯。她說：現在膝蓋不好，上下樓麻煩得很。而且最好社區有老人活動，可以一起跳土風舞做健美操甚麼的。

他這才忽然想起洛叔來，遂問了一聲。

哦。

母親就這樣「哦」了一聲，再也沒說什麼。

他才發現母親確實老了。她的臉已經是一張老人的臉龐，處處顯得鬆弛下垂，臉上永遠是一副倦怠的神情，即使晨起睡飽，也還是顯得疲憊。她已不再是踩著高跟皮鞋格登格登走在社區馬路上那個令人稱羨的高級職業婦女了。她也不再是與洛叔共舞時歡快的踏著生疏舞步臉上盈盈笑意戀愛中的婦人。即使她出門仍舊服飾得體（有些甚至頗高檔），定期染髮燙髮，整體造型也不馬虎，卻再也掩不住逐漸老去的體態。

他雖不再那麼恨她，卻從沒想過母親是否孤單寂寞。根本這類的想法從來就不曾掠過他的腦子。小哥說：媽媽就是媽媽嘛。那意思就是，在他們家，媽媽是統籌發號施令的，家裡的頂梁柱，一個不容置疑的堅強象徵，因此對他們而言，她凡人的那一面幾乎根本就不存在。

沒多久，母親賣掉那棟公寓老宅。但她並沒換一個較小較新的住所，而是去了美國。臺灣自從退出聯合國後一直人心惶惶，島上颳起一股狂大的移民潮，一颳十多年。這期間剛好姊姊遠嫁美國，他也正申請美國的研究所，因此母親就更有移居美國的充分理由和藉口。

自從母親賣掉公寓老宅後，他失去了一個永久固定的住所，一個可稱之為家的地方。從那時起，他再也沒有一個無論漂泊到哪無論出去多久去到多遠；隨時可倦鳥歸巢的碼頭可以停靠。

他成了一個徹底的無家之人。他住過各式各樣的租賃公寓，短期的長期的包辦全套傢具或部分傢具的。也曾與熟人或陌生人分租公寓，更曾搬至親友家中寄人籬下的賃一間屋，甚至傻傻的以為，這種合居方式將提供某種形似家的溫暖和團聚感。最後他才體悟，當沒有家的時候，自己就是家。

對啊。他像是跟誰吵架似的質問道：以自己一個人為單位的房子也是家，有什麼不對嗎？

18

他每天都在等。

法院的傳票一直都沒來。要是來，一定發到姊姊家，那是他的戶籍地。

終於，他的頭腦變得好使起來。他忽然想通了，碰到這種鳥事應該立馬去找個律師來對付不是嗎？

看來那個表面頭目靈活伶牙俐齒的姊姊其實不過是個道地的迷糊傻蛋。

我怎麼個傻蛋了？她回嗆：不就是因為我知道你摳怕花錢嗎。

其實她也沒說錯。打聽之下，才曉得光是頭一筆所謂的「儲備金」律師開口就先要二十萬，以後若真打起官司來還不知是怎樣一個無底洞。當然嘛，一聽強暴或強迫性行為，再來捲入的還有媒體電視八卦名流，乖乖，好一條大魚喲。

他倆在律師樓底下的小吃部合計著：要不，姊說：趁現在還沒到要打官司的那一步，她連告你都還遲遲沒敢出手……

我知道了！他的腦子更好使了：找律師先寫封信，警告她不許再到電視上胡說亂說，否則依法提告。至於過去胡說亂說的部分，咱也保留法律追訴權。

電話裡那個姓伍的律師沉吟半晌：要這樣的話也 OK 啦。

大概多少？

寫封信的話，兩萬就好。

伍律師馬上又說：其實這信也不必我來寫，你自己寫也就可以了。但一定要寄存證信函給她，存證信函知道嗎？

知道知道。他說。心想這伍律師連這麼輕鬆的兩萬塊都不想賺。肯定是大案賺大錢的機會太多，時間都不夠用了吧。

越這樣他還越偏要這傢伙來操刀。最後兩造終於談妥，信還是讓伍律師來寫，索價兩萬五。兩萬五就兩萬五，這樣核桃比較會怕。他說，我了解她。

*

捷運東門站轉車時，他排在兩個嘰哩呱啦英文講不停的年輕 ABC 後頭。倆傢伙你來我往大讚臺北捷運方便就跟在紐約一樣沒啥分別。

我中文本不靈光但你知道我發現這裡全部中英對照。

還好以前有上中文學校……嘿這都得感謝我那虎媽啊呵呵。

我們那個鳥不拉屎的州根本沒幾個老中所以沒中文學校，我那點破中文還是臺北把妹學來的。

打賭多半都是床上用語吧呵呵。

那你就錯了大錯特錯。記住，把臺妹床上必須用英文，英文比較容易讓她們 high，真的喔。

High 的中文怎麼說？

好像是，高潮，對吧？

Come on, get out of here! 你行啊，High 都可以翻成高潮了。（兩人推擠著笑成一團）

一時之間，他沉迷在側聽二人無聊的淡話中。

這時，車來了。

他魚貫跟在他們後頭，未料那倆傢伙擠上去後車廂突然呈現壅塞至滿溢的狀態，根本找不著落腳的地方。不得已，他只好等搭下班。

＊

他在他姊萬般威嚇阻攔（會有狗仔埋伏千萬去不得）的情況下還是執意要去公寓取回他的衣物。

在電視上看到核桃。如今，電視已成為他最準確的資訊網，風向球。舉凡核桃的想法動向乃至於她的每個下一步，他全賴從電視上獲取資訊。

每天一下班，他回來就是打開電視，反射性的轉臺，彷彿被下載了程式，他無法控制不去查看核桃所上的那些節目。若是一時半會沒找著，便焦慮的坐在電視機前不斷反覆轉臺，並猜是否有另外哪些節目可能找上她也未必。媽的，會是哪個？

日前，他看見核桃在電視上敲鑼打鼓信誓旦旦地說：「我早都已經搬出來沒再回過那間公寓。所以廢話嘛，他有沒有繼續住那裡我怎麼會知道？沒錯，我跟他的合約還沒到期照理他是可以繼續住下去，這點我不會背信忘義更不打算跟他計較。對，沒錯，是口頭約。但口頭約也是約，你知道嗎我這個人就是驢子倔脾氣，跟我約好的事絕對是跟你講信用滴。」

就在那一刻，他忽然靈光一閃想通了。公寓他是預付過房租的，如今還剩幾乎一個月的租期。就算告他要起訴，也跟他住自己合法租的公寓兩碼事。那是他的權利和權益，不是嗎？

這感覺好怪。

核桃搬走了。她臥房裡的東西大部分都清理出來，只剩下傢具。梳妝臺上空蕩蕩的，就像他頭一次走進這屋看房子時那樣。

即使窗外的光線透過簾子照進來，仍難以驅除屋中失去人味的孤寂。房間只靠窗處浸在下午沉寂的陽光裡，其他整個沒入陰暗。一種作古的陰暗。

他站在那兒，有些無所適從。

他踅回自己的那間屋，一切照舊，跟他離去時一個樣，物品絲毫未見移動，連床單縐摺都還保持著原樣。

彷彿重回考古現場。

他在床沿坐下，雙手分別支撐兩旁。

才是不久以前，他坐在這個窗前等待核桃洗衣的光景好似重現。他想起在這房間所度過的悠然時光。

思及自己那時的傻不愣登，彷彿一個乍到這個城市的國外旅人；張著好奇的眼眸以及隨時準備發現新鮮事物的心情。附近街巷公園的蹓躂，以及那些個橫生逸趣的浮想聯翩。

他靜坐，冥想，過往如霧般逐漸包圍。有一度他竟糊塗了，感覺時光倒流似的。

核桃側抱著洗衣籃出現在後陽臺上。她不意掃到坐在窗口的他正對著電腦出神。還沒吃早飯哪郭哥，就開始工作了喔？

晨光中她細緻光潔的皮膚有透明之感，黏貼的長翹睫毛開開闔闔有如蝴蝶輕薄的羽翅。自語般她喃喃說著：還是男生簡單，衣服全都拿到外面去洗就好了。

後院天井傳來琴音。輕柔，婉轉，舒緩，彈至某處忽而由低漸高，啄木鳥似的一陣急促響亮磅礡，高昂過後，復再回到初始的緩慢柔靜，彷彿山澗彎轉的細流。

好熟的曲子，可怎麼這會他卻想不起曲名來了，他放下一切念想全神貫注聆聽，亟欲破解記憶中的那團霧障。

核桃見他發呆，以為是在盯自己看，朝他回眸一笑。

瞬間他叫道：雨滴！

甚麼？

下雨的「雨滴」。

下雨了嗎？核桃倏然轉身回望天井淡淡的陽光：沒有欸。

我在說樓下彈的曲子，是蕭邦的〈雨滴〉。

樓下有在彈琴嗎？核桃孩子似的說：啊我怎麼都沒聽到。

他回來，意外發現房門上黏貼著粉色小紙箋，還沒細看上頭的字跡，先注意到下角一隻萌樣兒小兔蹲在綠茵上。

郭哥，

我想好了，決定跟你同去晚餐。

他心突然打鼓一般，狂喜。

吃著她外賣帶回的便當，QQ的米飯，溫熱黏乎的烤鰻加小菜。唾液分泌的同時，心中也不斷湧上絲絲熨貼。早些時自己因她取消約會而心生惱怒，對她的冷漠無禮感到無比懊悔。他帶著十分的歉意到客廳鄭重跟她說：

便當很好吃。謝謝喔。

好吃就好啦。她連頭都沒有回，繼續盯著電視，彷彿先前他的不快根本就沒在她心裡註過冊。

他兀自沉浸在對過去那個不論天真也好粗俗也罷的核桃的懷念中，不管她是真無知真白目，還是假瞎假天真。不管真還是假，真假也可能在一念之間，不是嗎。真假的界限更可能是模糊而混淆的。

或許他更情願相信，那時的核桃跟現今這個核桃是全然的兩個人，兩碼子事。經過那一夜的酒精浸泡與翻雲覆雨（？），她還原為邪魔蜘蛛精，那果然是個盤絲洞沒錯。二十一世紀的蜘蛛精除了吸人生命精華還會上電視媒體造謠汙蔑，叫人千夫所指無病而死。恐怖喔，他感覺背脊發涼，心腦似正被螻蟻吃蛀吸食逐漸成一乾枯黑泥灘洞。

他望向那扇面對後陽臺的窗。此刻，太陽光照著天井一側，將難看的樓面彰顯得清清楚楚。天井如同啞了一般，連聲狗叫都沒有。只有前廳馬路上偶而傳來路過的車聲。

他想起一度從天井底樓傳來的琴聲，那些他所熟知的經典曲目，以及自己在琴音的淹沒聲中順著時光線索的攀爬而串連起早年的回憶。

他站起來，走到窗邊。

背著手，等待。

想再聆聽一次樓底傳來的琴音。

然而，沒有。

天井裡毫無聲息，只有幾道落下的寂寥陽光。

會不會？他突然驚覺，一度傳來的樂聲不過是他對過往的懷想？事實上，這棟樓從來就沒人彈過鋼琴，更沒人彈過他所熟悉的曲調。

會不會？所有這些因核桃以及這間公寓叢生而出的聯翩浮想，包括自己乍然變成一個旅人以及由核桃環抱洗衣籃轉幻為葡萄乾盒上女孩的笑容，其實都是他一廂情願的浪漫投射，從枯燥現實轉化出來的臆想？

臆想。

19

他坐在公園的長椅上吃著午餐。這是從馬路對面 Subway 買來的義大利肉丸潛艇三明治，配一罐冰凍烏龍茶。

很久沒看到臺北出現這樣乾淨的藍天了，陽光充沛，眩亮眩亮地充滿活力。

這段期間，他覺得自己像個身負重罪苟且偷安的傢伙。當身負重罪那塊比重多些時，身心整個處在罪惡和自卑的緊張煎熬之中，夜裡時常因急遽心跳的偷襲而驚醒，擔憂懼怕陣陣襲來，無法繼續入睡。當苟且偷生這塊多些時，好比此刻，儘管心理上仍舊壓著一塊重石，但比較能夠安然處之，在苟延殘喘的縫隙中甚至能將負罪感暫擺一邊，偷得一些安閒和樂趣。

他細嚼口中番茄醬汁燉得格外軟Q的肉丸，加上義大利 Mozzarella 起士以及奧勒岡草 oregano 的混合香味，竟讓他穿梭時空回到多年前剛到美國頭一次嘗到披薩強烈異域風味的那一刻。

是一個早春，路邊仍舊堆積著殘雪，冷風強勁。他和幾個同學在大學城的舊區小街上悠轉，終於摸索到那間頗有些名氣的老披薩店（他還記得店名是 Naples），幾個人合計叫了一個大號碳爐烤的什錦披薩。

一個也是臺灣來的跟他一樣從沒嘗過披薩的菜鳥說：

這披薩上的白色細絲味道好鮮哪。我覺得是雞絲。對，是撕得很細的雞絲！

他一聽，立刻點頭附和道：

嗯，雞絲，沒錯。並學著他父親老饕的口吻讚許道：

工夫菜喲。

少土啦你們。人家這是Cheese!

氣－死－？

對。氣死。

那見多識廣的傢伙很在行地大口咬下熱騰騰冒煙的披薩。他們幾人也都揪起一片來，有樣學樣，將餅對摺，大口塞進嘴巴。嗯，好香！

他想起自己乍到美國的趣事不覺微笑起來，以及第一次吃到披薩鮮滑油膩的熱起士與番茄醬汁烤餅等各式材料加在一起的特殊口感所帶來口腹之欲那種無上的滿足和幸福。

就在他大嚼肉丸潛艇三明治並沉溺在生平第一塊披薩咬在口裡的美妙回憶中，這時竟然接到伍律師打來的電話。

你的傳票來了。

喔……來了啊？

他慌慌張張的口氣竟像是最終等到甚麼好消息似的。

何玥桃向你正式提出了告訴。嗯，再看罷，看看最後能不能和解。

甚麼？他心想：仗還沒開打就已經預備投降議和啦？

電話講完，他胡亂將三明治三口併做兩口吞下，不僅味同嚼蠟，且塞得慌，遂將未吃完的連同飲料一併丟進垃圾筒。

在律師樓辦公室裡，伍律師跟他仔細分析道：

通常，在這種情況下提出告訴，表示對方可能握有十足的證據。伍律師意味深長的看著他。他知道那什麼意思。接著，伍律師乾脆挑明了：

那表示核桃手上有你體液的證據。不僅如此，極有可能，那體液還是從她身體裡取出來的。

所以這種情況，嗯，伍律師老謀深算地沉吟道：我不建議硬碰硬，就是儘可能不要上法庭打官司。那樣的話，一來花費會很大，二來嘛打贏的機會，嗯，這很難說啦。所以我的建議是和解。不過之前我會再多打聽一下，從對方律師甚至到檢察官那裡，看對方的證據到底有多紮實。再來我會通知對方，在案子沒有任何裁決定案之前，照規定她不能跟媒體爆料講任何關於案子或你的事情包括她手上的證據。關於這一點我們會再一次提醒對方。通常進入司法程序後大家都會收斂，不敢繼續亂放話，否則是有法律責任的，搞不好事情會很大條，就是說她要負責後果。你看怎樣？

還能怎樣？

他只好乖乖先付伍律師六十萬儲備金。

再來呢？他心底暗算，這六十萬只是個開頭，往後勢必還要繼續追加，另外還有和解費。

至於和解金嘛。伍律師看出了他的心事：那個數目比較難講啦。端看對方要的價碼是甚麼，當然我們會先研判是否合理，這些都是要來談的嘛。你放心好啦，在付和解費之前我們絕對會先弄清楚他們的證據來源是不是精確，正確。

伍律師試圖向他輕鬆地笑了笑。可在他看來，那笑卻十分詭異。

*

接下來的情況會是怎樣你知道嗎？他姊以一種未雨綢繆先知的態勢問道。

反正要花很多錢吧。他木木答道。腦子已不能思考，僅只剩下這麼微弱的一句：準備買房的錢可能全得砸下去，搞不好還不夠。

花錢還在其次。他姊說：從現在起，隨時，任何一分鐘，媒體都會報出你的名字和她告你的理由。搞不好現在消息已經滿天飛了。你最好做好心理接招的準備，公司那邊你也最好先去探探底。

姊夫插進來說：按照勞基法公司不應該也不能把你怎樣，別說是這麼個羅生門，跟你工作又扯不上任何干係，就是更大條的，在未審未判前，他們都不能對你有所舉動。

但如果他們要找個藉口理由炒你你也沒辦法……

你不要事情還沒發生先自己嚇自己好不好？

他兩口子順勢一路拌嘴喳喳吵了起來。

他踱出客廳，一路飄出門去。背後聽見他姊歇斯底里企圖用聲音攔截下他：

喂，喂你可要挺住啊……

他知道，大勢已去，自己就要徹底完蛋。

*

他開始惡性失眠，經常整夜整夜的輾轉無法入睡。乾脆跟公司告了三週長假，索性藉口生病躲起來。

在無法入睡的三更半夜裡他開始養成在外晃蕩的習慣。像具無腦的屍身，獨自彳亍在黑黝空蕩的街道上。時常一晃一兩個鐘點，有時晃到幾近破曉。賣燒餅油條的早餐舖子都摸黑開始點燈上工了，他才拖著極度疲累，幾近乾癟空乏的身軀，幽靈一般，飄進他姊家，飄進小儲藏間，垂死的動物那樣往床上一撲，倒頭沉沉睡去。

睡眠跟死亡有好些相像的地方。

當沒了生機卻又沒膽自殺時，你還可以沉睡。他模模糊糊闔上眼瞼，懵懂中有絲絲永遠不要醒來的企盼。

*

他站在運站臺上，面對車道牆上幾張超犀利的巨幅廣告攝影。忽而一班快車從臉前挾著厲風呼嘯而過。

之後，車道靜悄無聲。

分明車子風馳電閃般飛過，卻彷彿不是真的。他回頭查看其他等車的乘客，打手機的打手機，查簡訊的查簡訊，發呆的發呆，疲憊的疲憊，各自沉浸在各自的世界，無一像是看到有車經過的樣子。

只有不幸是真的，因為幸福都建構在夢想上。

誰說的？

不記得了。或許是小哥。倒是像他的口氣。

*

他上車找到位子坐下。忽然感覺旁邊那人的體重嚴重的傾斜過來。

哎你聽到沒？他姊說：我們老楊快退休要把一堆東西拿回家放，到時候你那屋就更擠了。其實，哎你要不在乎也沒關係。

沒關係啊。他說。

對啊。他姊說：我可以去幫你找房，租買房子我都很在行吶。

我自己找就好。不過一兩個星期的事，最多。

他姊捱沒兩分鐘的靜默便又說：猜怎樣？我還真傻眼了我。姓何的女人居然跑去一個政論節目上開講。政論節目耶。她說啥你知道嗎？

她情緒高昂的話音不斷被捷運壓倒性的車聲碾過，在兩道混音的交響中，他逐漸昏沉，不知覺睡著了。

即使睡著他還是不斷鄭重告訴自己，得馬上振作起來，明早一睜眼拿起腳來就去找房，短租長租都行，反正不能再以核桃事件為由這樣繼續賴住在姊家。

夜裡，在電視屏幕上果然看見核桃。看樣子她正努力從腦子的記憶體中調閱資料（每當這種時候她那顆白眼珠子便朝天花板上翻啊翻的）……臺灣是個歷史豐富的地方……總共有過清朝，荷蘭人，還有日本人的統治……

我要說的是：臺灣是一個歷史豐富文化多元的地方，中國元素或者說漢文化只是臺灣歷史和文化的一部分。任何掌權者……（這當兒她更是猛朝天花板翻白眼珠子）都不能強迫臺灣人只記得漢文化和中國部分而忘記其他。這樣做就等同歷史記憶的霸凌，甚至可以說是消滅記憶的劊子手！還有，我告訴你，以前對外來政權我們是沒辦法因為他們用高壓和武力強迫我們接受。現在不一樣了，民主社會是公民社會，政策不是政府說了算，讓人民照單全收。納稅人不光只是繳稅，公民不只是選舉時候去投個票而已，任何政策我們都有說話和參與決定的權利。現在我們自己當家，有選擇，更有決定權，還有立法權，行政權，選舉權，愛怎樣，就怎樣……（她又變回原來的核桃，幾乎就要手舞足蹈起來）。

喔乖乖。真夠了得，核桃。

記憶中核桃確實喜歡隨時隨地對時政發表一些小眉批小政見。但了不起也就是一般計程車司機那種有話就說呱啦呱啦沒完沒了戳不到要害的水準。咦，倒是，今兒確實有些不一樣了。

他比較在乎的是，看來伍律師的信起了作用。這一陣核桃似乎沒再上甚麼八卦節目到處亂說跟他有關的那樁事。而且，看樣子她跳槽轉移陣地也相當順利，藉著這陣「打倒郭哥」的名聲不費甚麼功夫就當起政論名嘴來了。

他不知道這以後核桃還會再給他以及社會大眾帶來甚麼樣的驚奇。其實她那番話語也沒啥新鮮，相似的點子已有很多人說過。如今聽來也都不算甚麼，只頭一回聽確實有些觸動。至於所謂的公民社會，各種議題的公民運動，幾乎所有的到最後都成了有心角逐政治權力人士的場子。聽到現在大家耳朵都差不多快要長繭了吧

對這個世界而言任何壽命在一分鐘以上的驚奇都不能再算驚奇。

他按下遙控器，電視屏幕倏然一閃，黑了。

黑暗中，一道響亮無比的警笛劃破寂靜。嗚啊嗚啊嗚啊嗚……大無畏甩著長長的尾音。

他用枕頭將耳朵捂起，好一會後，才回復了平靜，耳中卻仍不斷迴響著絲絲縷縷的嗡嗡之音。

濃稠如漿的黑暗裡，一道不明方向的不安逐漸圍攏過來。

他聽著自己的鼻息。黯夜的荒涼，在斗室中擴散。

三 ◦ 之前

20

那時他還年輕。

阿江也才剛畢業沒多久，在他手下當實習生。別看這個阿江上班的能力不怎樣，卻很有哈啦打屁的本事，本來實習結業沒被公司聘用，一度如喪家之犬，誰知沒多久竟說要去加拿大了，羨煞那批跟阿江一起實習如今只在公司領一份基本薪的同儕。

阿江找他那會，他還真有些意外，幹嘛呀？跟你又沒多熟。繼之一想，總歸是想顯顯唄，不燒包大搞慶祝一番有待何時？而且怎麼說他也算是阿江的直屬領導啊。

喂？確定不用我來接你喔？電話上阿江深怕他聽不明白：忠誠路上有兩家像這樣的啤酒屋，對對對，很像很像，連名字都一樣。你要找隔壁是傢俱行的那家，一間滿現代派的傢俱店，他們燈打很亮，坐計程車的話叫他開慢點，一定看得見啦。

兩家都很像而且連名字都一樣？因此必須以隔壁的傢俱店為準。他笑出聲來，難怪阿江這傢伙做事經常出包，連找個喝酒的地都搞得不明不白不清不楚的。

事實卻證明阿江在挑喝酒地點上異常英明。這裡的三杯雞，椰炸蝦，蔥爆牡蠣和炒川七全屬一流，比一流還一流，超棒！除鹹了點。不過那肯定是策略，不就為了讓客人多喝啤酒嘛。

來給阿江餞行的竟有一桌子人，其中有個金門來的年輕軍官，帶了瓶正宗的金門高粱。很騷包的當眾示範痛飲高粱的正確方法：

1）仰起脖頸，直接灌下喉嚨，儘量不要碰觸舌尖（以防辛辣）。

2）亮空杯底。

3）將杯痛擲桌面，放穩。

4）大呼一聲：好酒！

於是大家有樣學樣，開始不斷斟酒乾杯起來，混著啤酒，很快，他就暈到不行。可高粱酒這東西純度高，雜質少。即便醉，倒沒有頭痛大吐特吐那些讓人難受而且不雅的症狀，不過就是暈乎乎的，好比騰雲駕霧。

店打烊後，他和阿江坐到人行道的沿兒上。

你小子真要去加拿大移民喔？到那裡不怕寂寞嗎？

不會啊。我到那裡第一先去混個碩士。

唸英文吶，你行嗎？

我沒在擔心啦，不信去了加拿大我會變成啞巴。

阿江這點倒是說對了，語言是一種習慣，去國外學自然容易得多。看來這傢伙頭腦還是滿靈光的。

我連學校都申請好了。阿江說：等碩士拿到，不管找事還是把妹都會順很多，我是說結婚那種的啦，騙個家裡有錢的傻B，長怎樣我都沒所謂，反正女生看久都沒差啦。

藉著酒力阿江講得口沫橫飛：就算娶不到豪門，小財主家的女兒也OK，我姊嫁的那個，三代都是開洗衣店的土僑。只要肯拿錢出來都OK啦。

那也要人家肯給啊。

不然你以為我老爸怎樣辦的移民？加拿大移民不是小數目哩。但這還不是最虧的，哎加拿大移民體檢要看屁眼吶。幹！簡直跟十八世紀賣過海去當奴隸的黑人沒差。不過我不必，我申請的是探親而已。你曉得吧？還好我老揹早兩年就辦好身分。現在香港回歸，港佬擠破頭移民加拿大和澳洲，聽說一個人要五十萬美金，嘿啊，辦投資移民。加拿大政府超會撈的。

他頭暈卻還不想撤，又超煩聽阿江唸移民經。乾脆跑去對面7-11再買半打台啤。最後阿江憋不住尿先跑了，他單獨醉倒行人道上。

那已是很久很久以前的事了，似乎比歷史還要久遠。

之後，好些年他不曾來過這裡。這個城市流行的東西都很快速，一夕之間大家瘋啤酒屋，潮起潮落般忽地又被人很快的遺忘。大家不再下了班華燈初上時鬧哄哄湧進士林的啤酒屋中喧嘩買醉。

直到若干年後，不知怎的他突然記起，才又開始光顧這間餐廳。

彼時，他已屆中年。

不知是否進入中年荷爾蒙酵素起的懷舊善感作用？就在某個奇妙的時間點上，在這吵嚷溫熱蒸散啤酒薰香的空間裡，發生了奇怪不可思議的情境。

＊

他如常走進這間酒吧。

坐上吧檯，要了一杯生啤。

酒來了。他迫不及待咕嘟咕嘟吞下杯口冒著濃濃白沫的金色流質，那異常生猛冰甜的滋味一路由喉管而下，通身驟然跟著舒暢。

冰鎮啤酒就是最初那兩口最棒，再來也就變得平常沒啥特殊之處了。

吧檯邊上一個男人這樣開口對他說道。

他一愣。

他定睛再看，再看……突然心血沸騰起來，腦中匡啷一聲巨響猶如霹靂。

哎——這人……不是父親嗎？

男人笑著移坐過來：沒打擾你吧？

沒……沒有。他亟力壓住即將躍出胸口的心跳，回過神來，竭盡所能表現得正常。他接著父親的話茬說：

對，沒錯。喝啤酒就是開始那口最棒。

沒錯。是父親沒錯。

怎麼父親還是離家時的那副模樣？

他異常興奮，幾近慌張，驚惶中不知該如何反應。當然，父親並沒有認出他來。在錯愕的驚喜和慌亂中，他藉口上廁所而脫逃，以便收拾自己一湧而上的蕪雜情緒並思索如何應對這個突如其來從天而降的巨大驚愕。

他撫平心緒並想好如何應對之後，才慢慢走回吧檯。這時，遠遠看見父親正和一個酒吧的打工妹說笑。

他稍待片刻後走過去欲與之繼續攀談。這時父親卻被那個女服務生揪住不放，似是因方纔偷吃了那個年輕妹妹的豆腐。他走上前去，難堪中的父親立即抓到機會為自己脫困：

哎這位先生剛剛一定也看到了，明明我是一不小心碰著妳的嘛。而且怎麼說我也已經跟妳陪不是了啊。

這是父親的聲音，還是那口音，完全沒變。

他走近站定。

女侍應生是認得他的，算是看他的面子吧，丟下句「老芋仔下次再敢跟你沒完」便氣呼呼地走了。

父親與他再度雙雙坐上吧檯。父親將方纔的不快丟置腦後，笑吟吟對他說：這裡的辣雞翅和椰炸蝦都很不錯，吃過沒？各叫一盤來嘗嘗，我請你。

父親伸手招呼酒保：給這位先生再來杯生啤。

酒到。父親舉杯：來，幸會。

*

他讀過一個故事。講一個剛過五十歲生日的男人，走進一間距離他兒時家不遠的酒吧。在那裡他看見從辦公室回家的父親。父親站在酒吧邊上，沒有認出他來。

他異常高興看到了父親，特別是父親已經死了十年，母親過世也有十多年了。然後從丟棄報紙上的日期，他算出父親這時的年齡只比現在的他大一點點，差不多五十一歲的樣子。

當簡艾把《紐約客》雜誌上這篇小說拿給他看的時候，篇名叫做〈Long Ago Yesterday〉直翻就是〈久遠的昨日〉對吧？是個名叫 Hanif Kureishi 巴基斯坦裔的英國作家寫的。真很瞎噎。他借著小哥的口氣說：時間是不會倒回的，人絕對沒法回到過去。就算哪天科學可以辦到，宇宙也會有一個機制使它無法如此。否則的話，你爸就不可能遇到你媽我爸也不會遇到我媽，我們都不可能出生。這樣一來，牛頓，阿基米德，愛因斯坦等等所有這些人都不會出生，一切的發明將不存在，所有的歷史勢必將重寫，這個世界也絕對不會是現在這個樣子。

然而辯論歸辯論，這篇小說卻沒來由的深深印在他腦子裡。

他開始經常流連這間啤酒屋。有事沒事就繞道過來，有時來只為喝杯冰生啤，解了渴就走。有時約友人客戶一起應酬或嘗鮮。單獨來時，經常不到酩酊不歸。

像一個潛水深海的人，他沉湎在這個奇妙的故事裡，愜意漂游，處處都是驚喜。將小說中的情景直接翻譯搬到當下，任由想像翻滾，漫遊。胸臆中湧上甜甜酸酸澀澀苦苦的滋味，回味到不忍釋手。他翻來覆去的在想像的深海中浮沉，無法自拔。

他坐上吧檯，要了一杯生啤。

酒來了。他迫不及待咕嘟咕嘟吞下杯口冒著濃濃白沫的金色流質。

冰鎮啤酒就是最初那兩口最棒。

吧檯邊上的父親開口對他說。

父親顯然沒有認出他來。只笑著移坐過來：沒打擾你吧？

沒……沒有。他回過神來，竭盡所能表現得正常。他接著父親的話茬說：對，沒錯。喝啤酒就是開始那口最棒。

他搜索著話題：您經常來這？

不常。父親說：喝酒要伴才有意思。我跟元配離婚以後那些老朋友全嫌棄我啦。再不然喝酒有個打情罵俏的也行，可以捏捏屁股掐掐奶。現在年輕美眉，唼，都勢利得很，找男人要不看錢要不找驢哥，就像這裡的那幾個打工妹，都敢爬到老子頭上撒尿了。

突然，父親一嘆：你覺得我講話很粗俗對吧？

他急著想辯解。

父親擺擺手：沒關係，我不在乎。酒後吐真言，要聽不下去換個位子走人。人生難得幾回醉。

他看著父親有些醉了，便說：要不要我送您回去？

不，不回去。父親執拗起來：人還是年輕好啊。我三十多歲的時候……

他突然見縫插針地問：我想聽你親口說說。

父親耐心等著他說出下文。

我想知道，當年，你，你和那個……（他忽然不知要如何稱呼翠珠）到底是怎麼一回事？

不是人家想像的那樣。父親倒是答得毫無障礙：就那麼回事唄。

說完，父親拿起杯來，咕嚕咕嚕灌下去。

他看得出，父親的心裡有些騷亂。

父親說：事實不像人家講得那麼難聽啦。也沒那麼戲劇化，既不浪漫也不天馬行空，就那麼回事唄。

看你還這麼坦然，你有啥好理直氣壯？他氣了。

你知道麼？後來我同翠珠結了婚。多少年囉，她是我老婆。我前老婆的孩子若見了她還得喊一聲後媽哩。

我是不會這麼喊她的。他突然衝口而出。

我知道，我前老婆的孩子們也絕不會叫她。所以我乾脆不討這個沒趣，何必呀，見了面彼此心裡疙瘩。

是嗎？是因為這樣父親才不同他們聯絡的嗎？

他大聲問道：是這樣的嗎？

父親突然接不下去，愣在那兒，眼神空洞地看著酒杯。

不。是他自己空洞的看著眼前的酒杯。

本來腦中聯翩的思緒開始如潮水般倒退，終於退淨，退得一滴不剩，平坦的沙灘上出現一個個吸乾的小窟窿眼兒。

遐想跑了，興致也溜得遠遠的。今晚就到此為止吧。酒也喝得差不多，是回去的時候了。他舉起杯，把剩餘的液體乾盡。

*

那個一心想著鴻圖大展的阿江，想必自飛去加拿大後便一頭汲汲營營打拼起來了吧。

剛開始，每年或每隔一年，聖誕節或新年，他都會不期然收到阿江的電子信，那種打開有繽紛雪片落下，聖誕鐘聲響起或賀歲小人敲鑼打鼓熱鬧音樂的電子賀卡。

習慣性的，他每回收到這類東西都忙不迭立即刪除。開始是覺得好無聊喔，後來則是害怕帶有病毒。卻忍不住揣測，是甚麼樣幼稚頭腦包括心境狀態下的人會給人發這麼萌的東西？

不過也就僅此而已。阿江倒是從不囉唆，未給他寫過隻字片語。他不免好奇起來，不知阿江這些年混得怎樣了？

某日，他心血來潮給阿江發了簡短的問候。發出去的電子信卻被打了回來，說地址有誤。這才想起，已經好些年沒有收到阿江動畫式的賀卡了。他到臉書和推特上去找，很高興在臉書上找到了，才發現上面只有阿江的名字，連照片基本資料甚麼都沒貼。至於「生活近況」，上面竟然寫的是：

一言難盡。

這小子。他差點笑出聲來。看樣子根本不上臉書的。

＊

他喝完杯裡的生啤酒。隨口問喬治：這麼多年你們老闆還是同一個嗎？

不知道吶。我才來幾個月而已。

原來他不叫喬治。

酒保手裡正耍著幾個杯子，看樣子這傢伙忙得發昏才懶得搭理他，隨即就招呼別的客人去了。

他隱約覺著自己在等待著甚麼，卻不知究竟在等誰。除了阿江以及想像中的父親，還會有哪個自己認識的人可能出現在這裡？

*

夏天，臺北濕黏烘悶的空氣像是沾著一層汽油和灰沙，直到傍晚才舒緩開來。

他帶簡艾來啤酒屋。她穿一件兩根細肩帶的薄棉衣連裙，晒透太陽的肩膀和臉龐透著紅馥馥的小麥色。

甚麼是—衣—連—裙？她問。

It means dress。

啊上衣連著裙子？比 dress 聽起來聰明多了。她咯咯的笑。

母親和姊姊總都是這麼說，因此他和小哥也跟著這麼說。有一回在學校竟被班上女生笑「甚麼衣連裙不衣連裙，洋裝啦」，還有的根本不知他是說的啥。

他撫著她裸露著的肩頭和膀子，有剛沖過澡的清爽滑膩，他的手忍不住上下撫動。

她嘗一口那道椰炸蝦：嗯我喜歡這個，很像越南菜。

本來就是越南菜嘛。

是噢？她又笑。

他大力摟住她，兩人咯咯笑著。快樂來的時候，往往你並不察覺，任何一件有的沒有的事都能讓人笑得停不下來。

那個夏天好像過得特別長。每到週末她過來，窩在他市郊租住的公寓裡，悠閒散漫度過長長的白日和下午。

窗外一棵高大的老榕，從早到晚不停傳來綿綿不絕散放輻射熱力與極其扎耳的蟬鳴。遠處馬路上的宣傳車一趟趟來回播放無休止的競選拜託。

她雙手支撐窗沿眺望那樹，深深呼吸這近乎熱帶的；溫溼潮熱陽光晒透一切的氣息。她臉上煥然發光，這個來自美國南方小鎮的女人，十足意識到站在本是遙不可及地球另一端的徹底雀躍。

他想起自己乍到美國，從空氣濕度氣味嗅覺觸覺視野一切之衝擊，像是脫掉一層舊皮似的，一個全新的、重生的自己。他感覺他們是這麼的相似，有這許多相近的人生經歷，她跟自己真是再般配不過了。

躺在薄翼般的紗帳裡，他們愛幹啥幹啥，聽音樂，說話，那當然大半是傻話，廢話或囈語。以及做愛，各種姿勢的，創意或即興的交媾。

直到早夜來臨，沖完澡，踏著夜色整裝外出打食。頭頂上方跟著一輪明澈的月亮，暗中他們只剩剪影，仍止不住相視而笑，露出森森白牙。簡艾說他們彷彿是一雙晝伏夜出的野獸。

才不是，一對輕裝騎旅的俠客。

他們笑著鬧著，一路來到士林。

簡艾喜歡這間啤酒屋，那年夏天，這裡成了他們最愛來的地方之一。

＊

酒保到他面前，特意將交叉的手肘靠在吧檯上，一副對他特別專注有意跟他套近乎的模樣（大概為了彌補剛才對他的怠慢）：

先生你有常來嘛，我記得，很眼熟喔。

其實也沒很常啦。

您……是要找人嗎？

看來這酒保閱人無數，雖然才來這裡幾個月，但在這行幹的時間絕不會短，識人心事的功力一流。

是找我們老闆喔？他等下會來。

於是他便坐在吧檯上慢吞吞的喝酒，等著。

其實，不是在等你們老闆。他輕聲對那酒保說，彷彿自語。

多少次，他坐在這酒館的高凳上，陣陣不知確切從哪個方向飄來的熟悉煙味翻攪起他的記憶，他興奮地回頭張望。

他回味著，綜合著一遍遍的想像。

喝一大口生啤，冰涼金色的冒泡液體辛辣沖撞進口一路麻酥酥甜滋滋地通過他的喉嚨。

吧檯邊上一個男人開口對他說：冰鎮啤酒就是最初那兩口最棒……

他想接續話茬說：對，沒錯。

可這回，他感覺到的卻是一種單獨喝酒的抑鬱。他想要哭，想把鬱結胸臆的酸楚和委屈哭出來，也許還有些別的，但他卻流不出淚來，更說不清到底自己是怎麼了。

*

某個他們在啤酒屋消磨的夜晚。微醺當兒，他的肩膀忽然被人重重拍了一下。仰角瞧著一個留一撇小鬍身穿夏威夷花衫的男人，一時之間沒能轉過腦筋來。他起身，怔怔忡忡打量眼前這個些微發福似曾相識的中年漢子。

不認得我啦？

記憶刷新一般從這中年人的臉上浮現出一張年少的面孔。喔，他記起來了，頓時卻不知怎的忽然舌根打結。

我阿江啊。

果然是這傢伙，嘿啊。

就這樣，他跟阿江重逢。其實阿江這幾年經常回臺北，大陸也常跑，看樣子生意似乎做得不惡。

飯後阿江熱情的拉著他和簡艾去天母的一家歐式茶店。月光底下是間別緻的小院，扶疏的花木在月光下綽綽約約，裡間傳來帕瓦若蒂男高音激情的唱腔。

他從不知臺北竟有這等精緻打理的所在，恍惚中幾乎以為自己置身南歐的某個城市。他想到很多做生意的人都是這樣，以出入的場合和消費的方式來塑造自己在別人心目中的印象。這麼多年失聯，難道阿江也變成這樣？

吃完茶後阿江意猶未盡，一定非帶他們去夜店不可。

在那個大得嚇人燈光飛竄、樂聲大如地震又狂癲的場子裡，簡艾和阿江熱舞一支又一支。開始阿江還有點忌諱和過意不去，逐漸卻被簡艾的大膽主動撩撥起來。他們在舞池中央變成最惹眼的一對。

某一瞬間，他彷彿看到阿江拉起簡艾的大腿彎，她便趁勢將其直接翹起擔在他肩膀上。阿江出手抓住她的腳腕，大力將她翻轉過來，瞬間整個裙襬垂直落下，勻長的兩腿包括鼠蹊部位都露了出來。他完全被嚇傻，從未見她如此狂野，簡直懷疑她以前有過兼職脫衣舞孃的經驗。

直到此刻他才發現，她根本不是他認知中那個來自美國偏遠小鎮的單純女孩，也非長春藤大學出身的書呆子女學究。

她腦子裡到底都裝了甚麼？這個看似學術又高尚的女人究竟還有哪些不為人知的一面？

最後他實在按捺不住，衝進舞池中央一把拉過她來。就這樣，他一路將她拉出場子，拉上馬路。簡艾掙扎著，撕破臉地與他頑強抵抗，似要執意重回舞場。他們像兩隻惡鬥的猴子，手腳並出，一路從大馬路纏鬥回人行道上。

他聽見自己大聲咆哮不住。簡艾的高嗓音壓過了他「根本不是你想像的那樣！You're totally hallucinating!」她下死勁甩掉他的鐵腕，揉著被捏痛的手腕甩頭而去。

他一路跟著她從敦化北徒步到敦化南。先是快步疾行，逐漸才慢下腳步來。路上他們出奇的沉默，方纔的激忿情緒以及舞場的亢奮消遁於無形。一路走下來，他這才感到這一切都非常無聊。他想：自己幹嘛要跟著她？

於是，他一扭頭，兀自往回家的方向去了。

*

夏天之後，他和簡艾不再像以前那樣如膠似漆，甚至經常出現一些小摩擦。她也不再像過去那樣跟他膩整個的週末，還經常性的放他鴿子。

夏末幾個颱風過境之後，天涼起來，太陽輻射的威力頓時減弱。公寓外頭那棵老樹忽然喑啞了般，蟬聲全不見了。

選舉過去，宣傳車不再來。遠處街道與周圍商家房舍在紛紛的雨中顯得無比荒蕪，跟近處山頭上密密麻麻的墳堆交織成一片，幾乎分不清了。

就這樣，夏天說走就走。他和簡艾正式分了手，此後，再也沒有她的消息。

整理書架時無意中瞥見簡艾留下的兩個卡帶，上面已經落下一層薄灰。

Pat Metheney and Lyle Mays

頓時，

他失重跌入 Pat Metheney 音樂巨大的荒曠荒涼中。

每回聽到這音樂都是同般感受。一股強力吸引他一直往下聽，走下去的磁力。遙遙無盡的，駛在夕陽下一條無盡延綿荒蕪的公路，眼前流淌的不知時間還是空間，滿目是天際一道道無盡變換逐漸加重的色澤。

夾在中間有兩個卡帶是他的：粉紅弗洛伊德「牆」。

The Wall

頹廢。原始。狂野。

……All in all you're just another brick of the wall……合音的韻律嘶吼加狂野節奏讓人渾身為之痲痹且振奮，刺激到不行。這是頹廢嗎？抑或野性與暴力的反抗？

另個卡帶是 Keith Jarrett 在柏林的鋼琴即興演奏。彈的雖是爵士樂，仍舊聽得出他古典鋼琴的根底，大概受巴哈的影響，對，巴哈的 Goldberg Variations。

Goldberg Variations？簡艾問他：你會彈那首曲子？

不會。但我的鋼琴老師會。他彈過。

你還記得？

記得。

過會兒，轉過身，他有點靦腆地：唉……不知道呢，或許記憶有誤也未必。好笑的是，現在我一聽到任何動聽的琴曲，都會產生一種錯覺，覺得曾經在鋼琴老師家聽過。

彼時他們經常這樣，交換著聽各自喜愛的音樂。

Scarborough Fair〈斯卡布魯市集〉，她留下的卡帶，她的歌。

那旋律，輕薄朦朧如拂曉霧氣襲來：

Are you going to Scarborough Fair, Parsley, sage, rosemary and thyme……

這首六〇年代末流行的老歌其實是支古老的英國民謠。簡艾說。

一直以來他都以為是美國歌手 Simon and Gaarfunkel 所寫。當時這倆傢伙隨《畢業生》那部電影在臺灣爆紅。那時他雖小，但有印象，聽姊姊搖晃跟著唱機哼過。同時很火的還有那兩首：無聲之歌 Song of Silence 以及羅賓森太太 Ms. Robinson，頓時，旋律急流般湧上，眼前浮現中華商場和東區頂好那帶竄起的唱片行從早到晚瘋狂放個不停。在這當兒，他幾乎就要跌入臺灣六、七〇年代被美國狂潮席捲的那個當下。

她在他耳邊說：這是一六〇〇年，文藝復興時期的民謠。

他們躺在夏夜的蚊帳裡，聆聽由卡帶磁轉唱出來十七世紀文藝復興時代的歌謠（幾隻熱切的蚊子在帳外嗡轟不斷）。兩個年輕男子低柔夢幻的合音重唱聲中，歌詞不斷重複性地吟誦好幾種香料：

Parsley, sage, rosemary and thyme……荷蘭芹，鼠尾草，迷迭香，百里香。

謎語般令人費解；種種不可能辦到（縫製一件不用針線做成的衣裳；找一塊鹹水與海之間的土地）然而背景的副歌詞中瞬間竟又出現「將軍下令士兵殺敵」「卻早已忘記為何而戰」等現實而諷刺，詩意又殘殤的句子。

跟死亡有關吧。Jane 說：真愛已死，極有可能是個士兵，戰死沙場。這輩子再找不到真愛，因此才有如能找到一片海水中的土地，縫製一件不用針線的衣裳種種不可能辦到的絕望。

為甚麼一再重複那幾種香料？

有可能是作者和愛人之間的祕密，也有可能那是他們在 Scarborough 市集上相遇時所買的幾種作料，從此成為他們的暗號。還有另個可能，嗯，這幾種香精都是用來敷塗屍體用的，你知道嗎？

他長歎一聲。喔，一首歌竟有這許多謎樣的故事。

同時他卻跌進另個迷惑中：rosemary 怎可能翻成迷迭香？這兩個詞真是超風馬牛不相及的，到底是哪位高人的翻譯手筆？

另外鬱金香和 tulip 也一樣，簡直就扯不到一塊。鬱金香多麼詩意，但 tulip 甚麼跟甚麼嘛，啊算了算了，這樣的例子多的去了，還有冰淇淋 ice cream，不也是麼？

他翻過身去摟住她，她則湊上臉來親吻，以一種特有的柔韌手感撫摸他的背脊。他朦朦朧朧中想著，也或許，自己墜入了翻譯世界的迷思中？愛上的是鬱金香而非 tulip？迷迭香而非 rosemary。

多年後，他無意中在網路上讀到〈斯卡布魯市集〉這首歌的背景和原委，這才想起，跟簡艾過去說的八九不離十，原來是極普通的常識嘛，彼時竟因此而陷入那樣大的一股浪漫衝擊。

哦，不可思議。

＊

他已經上了多趟廁所，啤酒也不知灌了多少。這正準備要走，喬治跟他說，不，不是喬治，是酒保。

酒保說，老闆來了。

眼看一個搖晃著的高大人影走上前來。人影一路跟這跟那打著招呼，不住吆喝這囑咐那的。

他欲起身招呼，轉念卻揮揮手說：

不，不必了。

撩起椅背上的夾克，他夢遊似的：Good night, George。

酒保搖頭笑了。

踩著蹣跚的步履走出店門，走出好長一段，他轉頭回望，果然看見兩間幾乎一模一樣的啤酒屋，相隔約莫兩個半街角。同樣的，都在黑夜裡亮著昏黃的燈光，門口掛著大紅紙燈籠，燈籠上龍騰虎躍幾個粗筆毛筆字：

【啤酒屋】

他朦朦朧朧的想：嗯，很有幾分電影《龍門客棧》的意思。

這些年，每隔段時間他就會上這兒泡泡。有時獨自，有時約人。他也像當年阿江那樣唏哩湖塗囉哩巴唆跟人解釋上一通：

忠誠路上有兩家像這樣的啤酒屋，對對對，很像很像，連名字都一樣。你要找隔壁開傢俱店的那家，是間滿現代的傢具行，他們燈打很亮，坐計程車的話叫他開慢點，一定看得見啦……

人家肯定覺得納悶，連選個喝酒的地都搞得這麼複雜，不明不白的，直到嘗到那幾樣招牌菜之後。

21

他站在捷運車道前，手指捏著褲袋裡的悠遊卡。

當是不久前吧（感覺上卻像一兩年的光景），他在這兒驗證出軌道不遠處應該就是當年那條安東街河。

悠悠流動的河水，難以形容出顏色的河水，以及河邊被爬牆虎覆蓋的牆面。牆上尚未被葉面悉數覆蓋的空白處，幼嫩的芽鬚伸展有如指掌，分分秒秒都盡力往空牆處爬行。

每隔一段時日他便留心查看，想知道要多久綠葉才能爬滿整個牆面？年底？明年這個時候？後年？

別瞧不起這片不起眼的葉面牆，這可是他的尋卜問卦處，他每每從中冀望得到暗示或預言的啟示。比如，綠葉爬滿整個牆面的那天即將是父親歸來之日。

或，綠葉爬滿牆面那天，幸子的命運將有重要轉折，換句話說即是他與幸子的關係將有重大突破性的發展。

奇妙的是這片葉牆好像真能夠預測未來似的，它們就是怎麼也不肯爬滿整個牆面（起碼在那段悠悠歲月裡），以至於他的這些重大議題終究未曾得到回應。

某日他決定忘掉這個甚麼狗皮倒灶的預知紀事，從此再也不關心甚至走過也懶得再多看一眼。就這樣，他逐漸將其淡忘。

等再想起時，已是若干年後。雖未親臨，但想必景物全非。牆已拆，垣已斷。

沿河有個軍營，門口有帶槍武裝的衛兵站崗，那裡經常傳出號角。河對岸有好長一段都是兵營的操場，透過虯纏的樹叢，沿岸可見亦可聽聞士兵的操練。

每走至此，父親都快快低頭行過，好像深怕碰到甚麼熟人似的。他感到奇怪。自己對兵營充滿好奇，總想多看兩眼。

快點走啊。父親每每催促他。

爸你看他們有槍耶。爸，你當過兵嗎？

爸夾著腦袋：沒有。

將來我也要去當兵！他突然高聲叫起。

老爸斥責：別胡說！

雖然聲音極低，語氣卻是兇的。

爸生氣了。他不敢再多言語，拿起腳來快步跟上。

一俟走過軍營，父親的臉色趨於緩和。頭也抬起來，背也挺直了。他們再度以閒散的步伐，走在河岸邊上，一路走進他們的新社區。轉上新鋪的馬路，就到家了。

父母親不大提到他們的過去。只有在他們不用功或成績不佳時，會嘮叨幾句「我們當年跟著學校流亡逃難，課都是在逃空襲的空檔裡上。老師拿小木枝當筆，用地上的砂土當黑板給大夥上課。有的人有板凳，沒板凳的就拿塊木板，當墊子坐著聽，要不就把木板放在膝蓋上當書桌。我們從前是這麼上學的，知道嗎？」

在他們浪費或挑剔飯菜時，他們說：我們當年吃甚麼？澎湖長年颳東北季風，難長作物，有南瓜地瓜有飯吃就高興得不得了。

小哥細語：此一時，彼一時也。

他們幾個低頭竊竊笑不住。

父親的那位舊識，他喊徐叔的那個老人，若干年前與他在一次餐館巧遇時提到：

我們在澎湖的時候，你曉得嗎，中央不讓我們去臺灣，說流亡學生裡面有共產黨。那時候一共有八個聯中，五千好幾學生就全被運到澎湖去啦。唉，待在澎湖心裡苦啊。風沙大，又不知道甚麼時候才能去臺灣。那年我十四，才初二，小孩子嘛。（他乾脆放下筷子，手比劃著）這麼高，營養不良，長不高。

旁邊的沈叔指著桌對面的曲叔說：我還不滿十三。他嘛剛滿十五。十六就得要當兵了，秦易炎不就給編進去了嘛。你爸啊，你爸那年好像是十五，反正不到十六。他比你要大，老徐？

大，大，他大我整整兩歲。徐叔說：那天，我們全在操場上。一大早，把學生全叫到操場上集合，說要編軍。

我們一聽都嚇到啦，當兵就是去當炮灰吶。當時有倆同學不同意，說了句甚麼咱們是來繼續學業的。立刻，馬上旁邊的兵就過來用刺刀刺啊，當場就受傷流血。其他人馬上嚇得哭啦。蹲的蹲坐的坐，所有人哭成一片，那個哭聲慘吶。當時我也哭啦。

原來……哦，原來，他知道，這是一樁幾乎人盡皆知白色恐怖初期的冤案。徐叔說的那天就是一九四九年七月十三號，幾千個十幾歲的孩子其中包括他的父母跟隨學校從內戰時期便一路在內地流亡，最後撤退時卻被迫滯留澎湖。偏遠荒蕪的小島上，一兩個軍人在此稱王，在那個本該是美麗的海島夏日，風沙野大的操場上，青天白日之下，竟然發生了軍人刺殺孩子的恐怖流血事件。其後是一連串的抓人，問訊，私刑，悄悄扔進大海，或公堂上定罪槍斃的都有。

沈叔喃喃道：一輩子都忘不掉，操場上哭成一片，那個哭聲真慘哪。

然而過去的幾十年中，竟從沒聽父母或徐叔沈叔他們談起。在政治高壓的年月，即使在家緊關著門也一樣不敢隨便提及，沒人敢走漏一丁點口風（他了解他爸，大概巴不得這段記憶徹底從大腦的皮層裡消失）。直到這一刻，他才頭一次從這些叔伯的口中聽說起。

李鐵頭。曲叔接口道：當時他是澎湖的總司令。你知道是怎麼著呢？他兵不夠，看一下子來了這麼多學生，這下好了，兵源來啦。你爸他比我們都高。規定是只要高過槍桿的都要去當兵。所以他慘啦。

但他機靈啊。結果還，還真給他矇過去咧。

這時他記起了兒時父親路過軍營的奇怪表現，老爸像是突然矮掉一截，腿也彎了背也駝了，以那樣一種怪異的姿態行走著。哦，原是其來有自。

你不要以為當兵就像你們今天的服兵役。不是啊！沈叔搖頭晃盪：那時候抓去當兵就是去當炮灰。要不就是整天操練，書也讀不成了。等退役還不知甚麼時候咧。

有次去喝喜酒，主婚人就是我們同學。他致詞，說那天那個慘哪，如何如何刺殺學生血流成河。根本沒有的事。當時其他學生一看有人被刺傷早嚇得氣都不敢哼一聲，都趴下蹲下，全哭啦，哪來的血流成河？

機關槍倒是有的，就在司令台旁邊架著，槍口就那麼對著我們。那也夠嗆啦。

張校長那天沒在。事後他去奔走，去跟李鐵頭韓鳳儀兩人說，他答應學生老家的父母，是帶他們出來繼續念書的。這麼斡旋斡旋著，沒想到張校長反倒被他們按了一個妨礙編軍的罪名，其實就是懷疑他是匪諜。那時候真的是風聲鶴唳啊，很多人被冠上匪諜罪名，就這樣他們把校長和幾個師生統統抓起來。當時有山東的民意代表鄉長甚麼的奔走講情擔保，但再怎麼講都沒用。因為是上面的意思，甚麼「寧可枉殺一百也不放縱一個」，非要執行不可。張校長跟其他幾個老師學生一共十三個人吧，就這麼被槍斃了。

後來呢？

後來，年齡大的該編軍的編軍。年齡小的就放回學校去。叫做澎湖防衛司令部子弟學校。

哎那個被刺刀傷的，叫甚麼來著？

李，李樹民。

對對李樹民，後來在醫院裡不知躺多久，他就再也不說話了。甚麼話也不說，一句都不說。

裝啞巴。怕再惹事兒。

我那時候還尿床。尿了床就把被子往旁邊人身上一踢。哎你尿床啦！旁邊傢伙懵懵懂懂被叫起來，眼還睜不開。

你尿床了。我跟他說。曲叔笑開了。

他與老人們聊天。時光一下子倒退幾十年，他發現自己也操起過去他父母的口吻以及所有在臺灣大陸人必互問的那句話：「家裡人都沒出來嗎？」「家裡還有甚麼人在臺灣？」現在則多了句「您回去過了吧？」

最後他們說：好多年沒見你爸啦。同學聚會不知多少年他都沒來過了。幫我們問候問候，啊？

沈叔：叫他來。我們一年兩次聚會。不來不像話嘛。

對對，他跟我們都失聯啦。他搬家了是吧？

他唯唯諾諾隨口答應著，像做錯事似的趕緊起身告辭。手裡攢著徐叔的名片，匆匆閃出那間餐廳。

＊

那個沈叔，叫沈憲剛。年輕時是個稍黑的瘦長臉兒，劍眉，目光炯炯，鼻梁挺直，笑起來頰邊有個長形的大酒渦。現在想來，真挺帥的。他畢業後通過高考，謀到一個不錯的公務員職位。彼時，經常推著一輛腳踏車進門，來找人扯淡。爸若加班，他照樣坐下，一坐大半天，同母親推心置腹的聊。

沈那時應該也有三十好幾了吧，還單身著，在追一個護士小姐。似乎二人關係總不大平靜，時好時壞的。沈憲剛每次來，都在講他那個女友。她叫甚麼來著，璐璐？好像是。

上禮拜六我去她宿舍找她。她不在。沈坐在桌邊，徐徐地說。手上一支煙，桌上總有一杯母親給他沏的茶，杯緣冒著熱氣。

她不在。我就奇怪了。一般星期六下午她要是沒班都會在宿舍等我去找她。是啊，雖說上禮拜鬧了點彆扭。但我想，到星期六應該已經就沒事了吧。所以我乾脆就耐著性子等下去。你知道怎麼樣？她一直到過了十二點才回來！

媽的，我就猜著她是跟人跳舞去了。等我一看她那身兒打扮我就知道了，帶著耳環穿著短裙子。看樣子還不是一時半會兒，是跳了一整晚。還死不承認呢。我氣起來，啪就刷了她一記耳刮子……

瞬間，沈眼中露出憤怒的兇光。他一邊頰上的長形酒渦原來是個疤，不知是不是槍子兒傷的。這時，那疤在他氣血蒸騰的臉上閃著一層油亮。

他將手搭在桌沿上，靜靜的聽，多少有些心驚肉跳。那年他幾歲？頂多五、六歲。總之，從來不知道男人可以這樣打女人的。他們家可沒這樣，老爸的話雖不多，但極少動怒，不樂意時頂多板個臉，他反正本來話也少，更少笑，總都木木沉沉的沒啥表情，所以即使不高興，只要不發脾氣不大小聲，幾乎引不起人的特別注意。

這時他偷眼看母親的反應。她雖勉強笑著，但似乎有些不大自然。忘了她說甚麼了。她自然不好批評小沈，更不好對璐璐說三道四。她最多也只能笑笑。

沈說女友哭了以後，他立馬就懊悔了。就這麼著，兩人又重拾舊好。

他爸媽這圈朋友裡還有個叫杜堯的，在當海軍，甚麼官階記不得了。人長得又高又壯，筆挺的軍服一穿，那個才叫帥氣，把他們這幫小傢伙的眼都看直了。彼時臺北有個挺時髦的地處叫「空軍新生社」，在新公園也就是後來改名二二八紀念公園的邊上，和總統府與臺灣銀行遙遙相對著。那在當時是個著名的軍官俱樂部，週末晚上除了吃飯，還有樂隊伴奏和跳舞。

杜堯有個身材高䠷的女友，頭髮總是高高盤起，後腦勺聳起如椎，不大講話，亦不喜形於色。姊姊便給起了個「木頭女王」的稱號。有次杜堯在「新生社」請朋友，把他爸媽也請上了。這之前一兩週，爸媽就開始練跳舞，甚麼狐步舞，慢三步慢四步，快三快四，倫巴，吉特巴甚麼的一堆名堂。有時小沈來教，有時他倆自己練。甚至媽不在家時，老爸乾脆抱起一隻椅子，推開沙發，滿客廳的飛舞轉圈。他們三個娃兒在一旁手舞足蹈笑彎了腰。

那晚，媽媽穿了件銀藍窄腰的小禮服，拎個小銀包，藍色大耳環。與她平日上班莊重老氣的裝束截然不同，看上去猶如一個未婚的小姐。老爸一身筆挺西裝，頭髮梳得一絲不苟。他倆往那兒一站，簡直像電影明星似的。

他們把三個孩兒放到鄰居曾太太家。太陽還沒下山，他們就跑去了。曾弟是他踢球撒野一夥的，曾家大妹當時與他姊是閨密。小哥事前就說了，他去只看卡通影片，除此就是做他的功課，誰他都不要搭理。

沒多久他爸拎著一個西點麵包盒來了。曾媽一見他便直誇「您真是有保尬（嘉）的派頭哩！」老爸瀟灑一笑，摸著倆兒子頭說：別太皮了啊。走之前塞給兄弟倆一個塑膠小袋，說是在馬路口買的。他倆探頭一看，竟是兩把水槍。

這水槍引起了廣大的興趣。

連小哥也說話不算話，開始與他和曾弟爭玩起那兩把水槍來。他們三人追著鬧著滿街跑，互相噴水，閃躲，攻擊。可惜水槍的儲量小，一下子水就用完，又得回院子水龍頭重新裝。來來回回跑得他們滿頭滿身既是汗又是水。

直到曾媽到路口叫他們回去吃飯。

這啥東西？曾媽拿過水槍來仔細打量。

那水槍構造非常簡單原始，基本上就是個褐色粗糙塑膠囊，前端開口處插一根直直綠色塑膠管。灌水的時候先將管子拔出來，從膠囊開口處灌滿水，再將管子插回去。這樣就可以噴水了。

這時曾媽將膠囊握在手裡使勁捏了下，水便像拋物線那樣咻咻射出來。

喔，這玩意兒……

曾媽笑起來，笑容有幾分尷尬，立馬將水槍還給他們，表情怪怪的。

這時他才忽然明白過來。老天，那膠囊豈止顏色就連質地都像極了睪丸不是嗎？

好像每次去曾家，曾媽都會熬一大碗清燉雞湯。

來來，這雞油好。曾媽拿勺連肉加汁倒進他的白米飯碗裡，並特意為他另添一勺薄薄的雞油。從窗口探進的夕陽射進碗裡，碗中漂浮的黃油流動得星星閃閃。

他有些不知如何是好。因為在他們家，母親總都刻意將油漂出來，動物油從來都是倒掉不吃的。

與他家不一樣的事情還多著呢。曾爸雖也像他爸一樣，工作到很晚才回。奇怪的是他回來並不吃飯，逕直便往臥室換上灰藍條紋睡衣躺下。這時，曾媽也上床去一同躺著，電視開得好大聲。他們臥室的門，也半開著。讓他感到好尷尬，彷彿有些偷窺的意思。

曾家大妹要洗澡了，曾媽便對姊姊說：妳就跟大丫頭一塊兒洗去吧。

姊姊一聽，十分震驚。她這輩子從沒跟人洗澡的經驗，在他們家身體是絕對隱密的，連他聽見也都驚嚇不已。姊硬是忸怩著不肯去。曾媽再又慫恿，加上曾家大妹死拉活拉，就這樣硬把姊給弄進浴室去了。

當那一對耀目的電影明星出現在曾家客廳裡的時候，已經不知幾點。他和小哥早在客廳的沙發上睡著了。

這之後，沒一個星期也起碼有三五天之久，爸媽嘴裡可沒少提過「空軍新生社」。講那兒的樂隊如何的正統，伴奏水準如何高妙，回憶著那晚的氣氛如何浪漫，布置如何高檔（廳內衣香鬢影醇酒美食廳外月色草坪各色綴飾小燈），無論內外，套句母親的話「絕對不下於外國電影裡的場景。」

聽說小沈女友璐璐，那晚興致大發，上台高歌了一曲。「哎她那支〈不了情〉還真唱出了幾分韻味哩。」爸讚不絕口。這還不算，璐璐把木女王也激將上臺唱了一首英文歌，「只不過那支桃樂絲黛的〈Que Sera Sera〉從木女王嘴裡唱出來，可也就變木了。」他倆談著笑著，少有的快活和和諧。

這以後沒多久，便聽說沈憲剛要同璐璐結婚了。木女王與杜堯本是早已訂過婚的，去吃他們喜酒的事他至今還有些印象，卻記不起沈叔的婚禮了，或許那次他沒去？

說起吃喜酒這檔事，曾是他們三個頂頂嫌厭的。大半喜酒都在週六或週日，經常碰上女傭放假。老媽為了省事不用做飯便要他們三個也一併前往。那些年他爸媽的紅帖子真多，幾乎每個月都有，有時還不只一個，真把他們吃煩了。姊姊首先鬧著不肯去，再來就是小哥跟他。

還要換衣服打扮，又不能穿得不像樣，很煩吶。

不去不去。小哥說：都不認識人家，沒意思。

怎麼不認識？都是來過咱家的。

去只是張嘴吃喝。你們多帶三張嘴去，好意思嗎？

爸媽瞪起眼來：咱多包了好些禮金你知道嗎，那天新郎新娘還特別說要弟弟妹妹們都來哦。

人家那是講客氣話。小哥說：其實是特別提醒你們別帶一串去。

胡說！爸氣起來。

媽說：要是不去，家裡可沒吃的。

每次吃喜酒搞那麼多道菜簡直浪費。到最後根本都沒人吃。我每次塞都快撐死。腦滿腸肥。

老爸開罵了：哪有這樣的熊孩子！給慣得不行了。

罵歸罵，他還是放下身段：誰要去，就給誰十塊錢。三個裡總有人投降，通常是他，好在他也有不貪財直起脊梁骨的時候。正值此時不知哪個天才開發出「生力麵」這好東西來。從此他們三人在拒絕喜酒時可以悠哉悠哉在家吃泡麵，看電視，胡作非為。

他們討厭吃喜酒，卻愛和徐叔小沈這幫叔叔阿姨，一塊兒到中華商場逛小吃。甚麼「吳抄手」，北方麵點，鍋貼生煎包子，清真館的羊雜湯與牛肉蒸餃。過年期間，他們一夥人帶上女友家眷孩子去西門町看電影。有一年看的是《愛的故事》，後來是《教父》，還看過好幾個《007》。看完電影，節目並未結束，事實上他們幾個小蘿蔔頭等待的高潮正要開始，那就是去中華商場吃點心。他們一行人浩浩蕩蕩走在大街上，隊伍裡面那幾個時髦招蜂引蝶的女眷不住被路人狂盯，頻頻回頭注目，甚至圍觀。

夏天夜裡，看完電影一定光顧「西瓜大王」。有時與叔叔阿姨有時只他們全家，每人吃一大片又冰又甜又清涼多汁的紅西瓜，甜蜜快樂的汁液從嘴角下巴慷慨流淌著。天花板的大電扇急轉送風。呃，那一刻，彷彿站到了喜悅浪頭的頂端。快樂，如夏日午後激越甘暢的一場大雨，嘩嘩淋頭而下。

他們這圈人裡有個姓李的胖子，濃眉大眼，胖圓臉兒。奇怪他並不像老爸和其他叔揹那樣講話帶著或多或少的鄉音，他說得一口純正的北平腔。人麼既外向又熱情，也熱心，舞又跳得極好，人雖胖點，但靈活。老爸曾羨慕的說他：渾身是力，跳起吉特巴來拉著女伴滿場那個飛喲。

李胖後來果然娶到好老婆，是個長相秀麗的小女人。卻不知怎地，姓李的像得了神經病似的，婚後成天打罵她。

真是看不出來呵。母親說：過去不都說說笑笑一樂天派嗎？他追人家也追了好久不是？

老爸說：嗯，心理的問題。

李胖的女人生養了兩個孩子，最後還是死活撐不下去，同他離了婚。

這群人，婚後有了家，大家就少聯繫了。後來離婚的離婚，出國的出國。幾年後，杜堯外派，忘了哪個國家，反正高升去了。他們這群人便形同散了伙。

父親離家後，母親幾乎同他們斷了往來。也不是有意的，出了那樣的事，母親若不去找，人家自然不好主動上門打擾。她又是個自律要強的人，時時掛在嘴上「不想外人背後嗑咕咱家的事兒」。即便哪個偶而來趟，也是逢年過節應個景，有時幾年才難得來一回，見了面那個生份客套，連他們孩子都感到不自在。久而久之，人家便不肯走動，就這樣，他們跟大夥兒越來越疏遠了。

一下子全垂垂老矣。李胖早在二十年前死在肝癌上。聽說這幾年杜堯也病得不輕，木頭女王過世後，他再娶，婚後卻一直病懨懨的，前兩年才查出是膀胱癌。

他想起年輕英挺的沈叔和杜堯，李胖，那幫鶯鶯燕燕女友們。那夜恍若電影明星的父母。所有的人，都曾一度渾然不覺的年輕煥發過。

他傻傻想問那段時光去了哪裡。

過去的通通都不見了。

那彷彿是手裡流過的水，不管再清涼甘甜，也握不緊，抓不住，只能美美的感受一下，最終總要流逝。

*

如今父親在哪？

他搖搖頭。不知道。

這些年不知多少次心裡浮起這個疑問。

如果沒什麼太大變動，他應該還住臺北，更有可能就在東區。

這麼多年難道他們就不曾走在同一條街上？逛同一個商店？在同一家館子吃飯？同一地買書？喝咖啡？逛地攤？甚至可能在同條騎樓下迎面而過？

然而從來沒有。

這有點實在不太說得過去。除非他們不再認出彼此，不，他馬上否定了這個可能。

父親雖稱不上是老饕，但也頗愛上館子。基於這點偶而他心血來潮，雖算不上是刻意但多少抱些僥倖，卻連自己心底都不敢挑明那般微弱地希望有機會在哪家餐館意外碰上。

於是，他專挑放假日去，甚至還有一次在老爸生日當天。

但是，都沒有。

反倒在這種亂碰亂撞的突襲中遇見徐叔，且還不只一次。

有沒可能父親已離世？

這個突如其來的念頭讓他渾身一顫。

果真這樣，他們不可能不知道。人死報上總要發個訃文吧。徐叔他們也總能得到消息。

但如果翠珠刻意隱瞞起來呢。法律有規定人死一定要向其離婚子女報喪嗎？好像沒聽說有這條。就算有，翠珠母子大可以不知他們人在何處而推托掉。至於翠珠幹嘛要刻意隱瞞？或許她並非故意，而是不懂得發訃文這碼事，她一個沒念過幾年書的人要找誰來幫她寫訃文？這是甚麼問題？那兒子總是念過書的吧。而且放心現在絕對有一定的訃文格式只消填幾個姓名就可以的了。但有沒可能她是怕他們要來分討財產因此才特意封鎖消息的呢。嗯，或許有這個可能。

還真越想越遠想到天邊去了。

會不會老爸真的已經掛了？

他不再打冷顫哆嗦。這個念頭繼續盤據著，逐漸在心裡生根成形。而且越來越來，他很意外自己竟會感到某種舒壓的放鬆，彷彿卸下一個多年纏繞在自己身上的包袱。

22

一串清澄的琴音在腦中盤旋不住。

他經常莫名其妙的，沒有任何關連或線索牽引，巴哈〈安娜瑪格戴琳娜巴哈練習曲〉中的 Minuet 小步舞曲的旋律會驟然在他腦中迴盪開來。

那是巴哈編寫給他第二任太太安娜瑪格戴琳娜的。鋼琴老師說。

他突然怦然心跳。

專心啊。老師說：是 G 大調，右手大拇指放這裡。

即使是練習曲，旋律聽上去也很簡單，卻動人，透著優雅和恬靜的幸福感。

他不只一次想像巴哈的妻子安娜。自己一定是把安娜當作幸子了。難怪當他聽到「第二任太太」時，會那樣的害羞和怦然心動，他是將其想像成幸子再嫁予自己的一種暗示吧。

忘了誰告訴過他，鋼琴老師最心儀的作曲家是蕭邦。

他在 youtube 上聽蕭邦的夜曲和敘事曲。一遍一遍，沉浸其中。

蕭邦即使激越，也是內斂的，確實滿符合鋼琴老師那種憋悶的性格。

老師彈蕭邦，像說故事，不徐不急，娓娓道來，讓人感到沉穩和安定。不只如此，還有一種魔力，像磁鐵那樣把人緊緊吸住。大家圍坐客廳，彷彿被催了眠似的，聆聽。

老師太太白瘦的雙手，細細長長總也停不下來的手指，這時也安靜的擱在膝上，像是睡著了。

琴曲流淌聲中，昔日聆聽的氛圍驀然重現，漫漫霧霾般圍攏過來。

他想不出來世界上還有哪樣東西能像音樂這樣，渾然籠罩而下，立時將人席捲，帶回過往。

*

氣象報告說有個中度颱風要來，預測將橫掃大臺北地區，公家臨時決定給市民放一天颱風假。誰知那颱風臨時煞車轉向，中午過後，竟不見甚麼風雨，只飄著間歇性的斜斜雨絲，偶而還出太陽哩。他琢磨著，這颱風假只臺北在放，其他縣市應該都還正常上班上課。就這樣突然心血來潮，決定去新竹的那間大學走一遭。

人的大腦真是奇妙的東西。就在某個瞬間他記起幸子女兒葳葳是該所大學畢業，連她考上的是資訊工程都記起來了（她沒去念音樂真是不可思議），而且清清楚楚，絕對沒有一絲差池。那還是若干年前他在報紙上的大專聯考放榜名單上看到的。但怎麼過去這些年竟從未想到去找？必然感到這是一件蠢事吧？不論如何，這一刻他卻興奮莫名，覺著不早不晚偏在此刻出現這條靈感莫不是天意？

可他既說不出葳葳畢業的準確年份，就連她的名字也無法百分之百確定。那科系的辦事員覺得這傢伙莫名其妙到不可理喻，完全不知如何來應付這道荒唐的難題。

對啊，要是我都知道就上網查畢業通訊錄就好了幹嘛還需要我親自跑這一趟？他還好像特別理直氣壯似的。

這時一個矮矮紮馬尾的女生走過來。原來是系裡的老師，在這裡已教了十年，「或許老師能幫你吧。」就這樣，他被交到這個女副教授的手上。

顧葳葳，這名字好像有點印象噢。

也有可能是顧小葳？

到底是哪個？

喔讓我想想看。他突然感到一陣心虛和慌亂。或許她學名既不是顧葳葳也不是顧小葳，或許在報端名單上看到的名字並非是她。對喔她怎可能不去學音樂而來念這甚麼管理？自己肯定昏頭了。

這樣吧，給我你的電話，要有結果就跟你連絡。

怎麼稱呼您？（近看才發現女副教授確實有些年紀了）。

魚肉。

他瞠目。

余—若—「余致力國民革命」的余，「天涯若比鄰」的若。

幾天後這個姓余的老師打電話給他：哎實在不好意思最近真的忙翻了。事實上，這件事無論在技術上或法理上都有它一定的難度（其口氣和用詞遣字彷彿官員報告重大案件或交涉甚麼國際事務似的）。

看來沒戲了。罷了罷了。他遂將此事全然拋諸腦後。

忽而，某日接到某女士的一通來電。搞半天才想起原來又是那個余老師。我有個消息告訴你。她說，怕電話上講不清楚。於是約他在忠孝復興站下面的茶店見面。

看樣子她是刻意打扮了來的。上身一件玲瓏有致V領花樣絲上衣，下頭是一條包裹很緊的窄裙子，腳上一雙高跟鞋，立刻增高不少，也修長許多。如此一來，讓人不去注意她的身材都不成。

講了半天，所謂的消息根本不能算是消息，充其量只是她打聽消息的一個過程。看他難掩失望的神情，為了挽救，她又興沖沖為他開了另一扇窗：

我們系畢業生裡有個叫顧優優，會彈鋼琴，後來搞電影。會不會是她？如果是她就太好了，她是我學生，我有她的連絡方式。

隨即打開 ipad 找出網頁給他看。

哦。他瞄過照片立刻失望的說：不是她。而且妳這學生搞的也不是電影，這是錄影帶藝術。

從回顧中他才明白，余若哪裡是來跟他分享消息的，這女的根本是在幫自己精心策劃一場約會。

你還沒吃飯吧？她說：這食街上有家韓式燒肉麵超棒的。

剛喝完最後一滴湯汁，還沒來得及擦嘴。便聽見她說：吃太飽，最好散散步走走路。原來，她就住得不遠。

他簡直沒法拒絕。東區哎，這不正是自己做夢都想買的精華地段麼。

他們有一句沒一句的聊著，走著。突然，她的手很自然的挽上他的膀子。

怎樣？今晚到我那裡去？

雖是一句閒閒問話，而且問得如此隨意，卻那麼理所當然，不由得人不答應。她臉上眼角濃濃逗引的笑意，更挑明了是那層意思。

這著棋著實厲害，答應或不答應都不成。乾脆甚麼都別說，把她送回住處就此算完。可別忘了把她號碼刪除，從此老死不相往來。

當走進四維路一片整齊安詳的舊公寓區時，他心突突感到一軟，多像他們過去的公寓啊。微暗的路燈下，巷道出奇的乾淨清幽，家家戶戶窗玻璃上透出溫軟的燈光。隨著腳步的移走，公寓內傳出不同電視頻道音響或大人小孩的話語聲息。那久違了的家庭的日常聲息。

就這樣，走著走著，不知怎的他竟昏頭昏腦跟著她上去了。

＊

他從不知女人對性的索求可以如此這般的理直氣壯大言不慚，還又這麼明目張膽的強烈。他們認識快兩個月了。這段時日以來，性愛頻率之高，為他一生之冠，只要見面幾乎沒有一次不做，且經常不只一回。

可不就像一天三頓飯，吃完一頓，隔沒多久又該餓了。

你說甚麼？

他索性停下動作。

我覺得，性和愛應該是合在一起的。做愛不應該只為性的滿足。他囁囁嚅嚅說出心裡的想法。

怎麼？余若兩隻手肘忽一下撐起裸裎的上半身：你不愛我嗎？

他看著她的乳房如同兩隻麵粉袋般沉沉向身體兩側傾斜而去。

我不是這意思。對啊，這種時候，他怎說得出口不愛她？

於是他委婉解釋：我是說，我們應該在熱情來的時候，欲望真正火燒著那樣的時候才做。而不是按照三頓飯來。

她撓著頭頂的亂髮：照吃飯的作息方式有甚麼不好？

突然她飛來一眼，帶著笑：這才是生活裡的小確幸哪。

他不知如何說下去了。他還能再說甚麼呢。

跟魚肉在一起的這段時間裡性愛成為他們之間的主軸，不，根本是他們之間的全部。

他猜，瞌藥和打嗎啡的後勁大概就是如此這般，經常性的感到疲憊以及麻醉的興奮。

我們分手吧。

終於他鼓起勇氣來跟她說。但氣若游絲，聲調軟弱，聽起來完全不像是一個下定決心的知會，說他是在求饒還差不多。

那晚，她帶他去了一間精緻闊綽的西餐館。席間她對他說；

你知道我租的那層公寓是我表舅的。前幾年他本來想著要賣，但房子舊，賣不出好價錢，反正他也不缺錢用，就讓我來住，租金嘛也都馬馬虎虎意思意思。我想最近，對，就是最近（這時她瞪大了眼睛，也或許是他瞪大了眼睛）我打算把這間公寓買下來。自己人，錢方面我表舅不會多計較，更何況，他欠我媽好大好大一個人情。我們可以一起把房子買下來，然後結婚，就用這個當新房，怎麼樣？

他像一個給抽上鴉片的人，立刻著魔似的精神抖擻起來，通身舒坦到不行。雖然內裡一個聲音不斷告誡著他：不行不行，她不合適你。絕對不成。

看他猶豫著。她便說：要不你先搬來，我們一起住看看？

他想知道她所描繪的這幅藍圖到底有多靠譜，遂問：你表舅到底欠你媽怎樣一個「好大好大」的人情？讓人家肯殺低價把房子讓給你？

嗯。她沉吟道：這不好說，家族裡的事。或許以後再告訴你。

結果呢，那晚從即將分手急轉直上，竟變為他們重新開始走向未來的一個新起點。不用說，回去以後她的興致格外高昂。他倆沉浸在對未來的新展望和許諾中，簡直是忘了形的在慶祝。

快點快點快點。嗯，嗯，嗯，就這樣。嗷—嗷—嗷……

你幹嘛停下來？蛤，這麼快就完了？

她懊惱的翻轉過身子躺下來看錶：

一分二十七……二十八秒，還不到一分半鐘呢。

妳居然，連這個也……

就在這當兒，幾近子夜，他的手機不尋常的響起。

不要接。誰會半夜打電話來？一定是錯號。快點，繼續。

她敦促著他，催弄著，想盡各種辦法花樣要他再接再厲起來。

是夜，他在被吸乾的虛脫中睡著。不知怎的，睡得並不安穩，不時醒來，心突突跳。

閉著的睡眼中竟然看到枯竭無盡的荒原扣在頭頂，橘灰詭譎的天空踩在腳底下，雷電如破瓷般在腳下龜裂，一塊跟著一塊迅速龜裂，裂痕瞬間擴大，緊接著，失重的墜落。

以及瀕死的撞擊和碎裂。

啊——夢裡死亡的狂嘯。

他在自己的咿唔聲中嚇醒。

23

黑黝黝的捷運車窗玻璃中映出他空洞疲憊的臉龐和空曠得離譜的車廂。

他搶著搭上午夜之前停班的捷運，估算著轉車的時間，心想應該可以趕得上凌晨三點的班機。

母親出國好些年了。剛開始，她在紐澤西市郊姊姊家附近租住一間公寓。

電話中他姊重複的說：對啊對啊，上次見她都還好好的嘛，電話裡每次都叫我放心。我只是覺得她做飯有點奇怪，東西都切很大很大塊。本來以為大概是懶得去費工夫。對哎，而且手的動作不靈活。菜不是燒焦就是味道難吃，好像根本都已經忘記怎麼做了。

他想起住在曾弟家時，對，就是他們小時候那個鄰居曾媽媽的兒子啊。曾弟說他姊（就以前和姊姊一同洗澡的那個女生）也住紐澤西，還在購物中心碰到過你母親哩。

真的嗎？那麼巧。

對啊。郭伯母真的沒甚麼變，我姊一下子就認出來了。

我姊碰到你媽好幾次哩。她經常一個人在大型購物中心裡坐著，就那樣一個人坐著，看來來往往的人。我姊買東西好幾小時，買完東西沒想到她還坐在裡。

他一聽，心口像灌鉛似的往下一沉。

曾弟見狀不對，馬上改口：也有可能我姊她看錯人了，那邊東方老人多得是，她看到的也不見得就是郭伯母啦。

他眼前浮起曾在美國購物中心看到的一幅畫面，一個穿著隨便到有些拉遢的東方老婦，孤單的坐在人來人往的購物中心大廳，身邊雖有一個扁塌塌的袋子，卻不像是來購物的。她的神情空洞而迷惘，不斷拿茫然的目光，送往迎來的看著一個個從她眼前走過各式各樣的人群。

大概是為了逃離單獨待在住處的孤獨，極有可能一大早便從住處搭車到購物中心（袋子裡裝著飲水和午餐），在人來人往最是熱鬧的地點尋一張椅子，一坐數小時，呆呆看著眼前這個跟她毫無關係的物質世界和熱鬧人群。一直待到黃昏，再獨自搭車離去。

他在電話裡詢問他姊，對方還理直氣壯地敷衍：

她也不是每次出去都會跟我報告，我不知道她每天都去了哪裡。對啦她有時候是會去shopping mall，她自己會坐公車啊。也許她住紐澤西郊區確實比較不適應。

好吧就算姊姊每周都有去看她一次。可其他五六天姊姊全家忙著上班上學的日子裡，她都在做甚麼？

對啊，她都在做甚麼呢？

他的心驀地往下一沉。

會不會？母親也是成天落寞地待在購物中心拿空洞眼神看著路過人群的東方老婦？

空虛和孤單會咬人。小哥說：咬得讓人肉疼，會咬出血來。

沒人能夠一個人過得很好。現在他才真的明白。那些看似一個人過得很好的人其實背後都有若干牽線拉扯著他們（還不能只有一根），以致他們不會像沒人理會的斷線風箏那樣栖栖惶惶飄搖無主的隨風而去。

其後，母親搬到紐約皇后區靠近她的老同事胡阿姨。「我們兩個老姊妹也好作個伴。」她說。搬去紐約後，她給他的電話劈頭第一句就是：

我現在很快樂！

她的聲音聽上去高亢而興奮：這裡很多活動喔。我每天跟你胡阿姨去老人中心，在那裡吃午飯，還跳交際舞哩，有狐步舞華爾滋探戈吉特巴倫巴狄司可，圖書室還有很多中文報章雜誌小說甚麼都有。

他拿著電話，聽著話機中由海底電線那端傳來她興奮高昂的語調，不知該如何解析那句「我現在很快樂」。

到底發生了甚麼？使那個一向講話謹慎低調並從不正面表達自己感受和情緒的母親能這樣露骨的說話？而且還是跟自己的兒子？

他擔憂起來。神經兮兮的想，是甚麼讓她快樂成這樣？他不確定這一切真的靠譜。她的興高采烈反倒引起他無端的疑慮。

倒是姊姊，為這個改變慶幸不已。電話中，一再強調母親的退休生活總算大致抵定，對啊這是最理想的安排了，怎樣怎樣的。

年復一年，他們日日月月忙於自己的生活，工作啊賺錢啊渡假搬家做愛發呆上網打屁。他們根本忘了她。甚至他偶爾想起她時，還不免帶著絲絲舊日的憎恨。對啊，她不都一直很好的麼？她會有甚麼不好？在他的心裡她已如影像停格般，永遠停留在那個給他打電話的興高采烈快樂的格子裡。

即使偶而打個電話，聊來聊去都是些不痛不癢，見了面，吃個飯，也都隨口扯淡。即便她偶而回國一趟，也都來去匆匆，聚聚就散，揮揮手掰掰掰掰，有關她的一切隨之忘卻。

他們完全忽視她需要照顧這回事，不，她不需要。真的，她真的可以一個人過得很好。

直到這一刻。事情來了。他們才倉促記起，記起她來。

*

電話語音信箱裡是個陌生年輕女孩的聲音：喂？喂？這邊有位伯母……我們在紐約的地下車站，她說她不記得自己住哪裡了，要我幫忙她回去……對……但她身上沒有住址只有兩個電話號碼，拜託請你趕快跟我連絡……

這時他聽見母親熟悉的聲音插進來，她的聲調急劇而高昂，不斷重複了又重複：

你們快跟這個好心的小姐說說我住哪裡。你快跟她說……我忽然，就想不起來了。剛剛等車的時候還記很清楚要去搭哪一路車，忽然就想不起來了……你，你快跟這個好心的小姐說說……

聽那口氣，母親甚至沒察覺到對方沒人回應，或許她根本不知這是留話的語音信箱。

他是在十多個小時之後才聽到這段語音的。電話打來的時候，他正在跟魚肉。沒錯，就是那通電話。

＊

車窗黑黝黝玻璃上映出自己疲憊的面容。

姊姊越洋電話裡說：「那女孩找不到我們，沒辦法只好把媽送進警局。結果她搞不清狀況以為人家要把她關起來還是怎樣，話又不通，掙扎跑出去，女警去抓她，她還打人。」

他不知要如何想像隻身在異國的母親在驚惶恐懼中企圖逃出一條生路那樣的一個畫面。

「他們只好把她關進醫院去做治療觀察。這中間他們還把她弄上了法庭。」腦功能已不健全的異國老太婆在滿耳都是聽不懂的外語以及異域人士黑人警衛等等強制下危顫顫上了法庭，巨大的恐懼和壓力下她仍強力支撐著。她靠的是甚麼？「威武不能屈」「士可殺不可辱」這類的儒家古訓嗎？

她自己還說：「我今天早上過了堂。」表情好怪，緊張卻硬要帶著笑，強擺出來的笑。他姊說。

「她大部分的生活技能都已經不會了。衣服穿反，釦子老是扣錯，半夜以為是白天，白天又老睡覺。」姊姊告狀似的：「光是晝夜顛倒這一樣就讓僱的人吃不消，三天兩頭嚷著辭工不幹。已經走了好幾個。怎麼辦？我只好自己上啊。」

母親還不算太老不是嗎，怎麼就這樣了呢。他忽然想，如果他們沒有離婚，父親仍住家裡，她還會得這個可怕的病嗎？

沒有如果。小哥說：如果是不存在的。不存在的可能性便是非可能。

但有這個可能啊。他微弱的想要替自己的立場辯駁，掙扎著想大聲說出來，卻不知怎的彷彿喉嚨被掐住似的發不出聲音，他用盡力氣想要叫喊，不想，竟然破聲了。

驚惶中，他在機艙嗡嗡作響的聲中醒來。

空服員正發放餐點，艙內瀰漫著濃烈的食物氣味。

他毫無胃口，只覺無比困倦，恨不能就此睡死過去，但畢竟還是醒來了。

機窗外是高空的黑夜，大氣的夜晚黑得深不見底，竟不見一絲星光或月光。

＊

上了年紀的表姨說：我記得年輕時候的四姐，可清楚呢。

她口中的四姐就是母親。「四姐做流亡學生那會，有陣剛好住我們縣裡，放假都會到家裡來。每次來，要走的時候，我娘都會在院子裡，用一口鐵鍋給她炒一些鹽帶上。」

他大惑不解。為甚麼要炒鹽？炒鹽幹嘛？

那時候逃難，學校吃很差，大概是沒甚麼菜。四姐把炒好的鹽帶著，每頓飯可以就點鹽吃。

他驚愕住。頓時，說不出話來。

夜裡。他輾轉，無法成眠。

他想像著年輕的母親貼身帶一包炒過的鹽，踩著快步回去。溫熱的鹽在她的腰間像隻溫暖的手，讓她感到分外踏實。

母親曾說跟著學校逃難的日子多苦多苦。到底有多苦？他們問。嗯，吃不好。她說，有甚麼吃甚麼。

然而，「帶一包炒過的鹽」。他無法想像，只能感到一種痛，是的，疼痛。他無法想像她曾經歷過的艱困。那該是怎樣一個惡戰逃亡的殘酷年代？

她有那麼一張照片，十多歲的樣子，身穿陰丹士林粗藍布的旗袍，底下套一條粗口長褲，合影的還有另外兩個女同學，三人都是同樣打扮。為了拍照，她們特意把褲腿捲上去藏到旗袍下面，但還是不小心露出來，給拍到了。她容長的臉上漾著甜津津的笑意。黑白照的年歲太久，已不十分清楚，但仍隱約可見她頰邊那兩道狹長的笑渦。她笑著，並未因貧困的日子而讓年輕的歲月失色。「還年輕，吃點苦算甚麼」，這句話從前掛在她嘴邊無數遍。所有的人，所有她認識和不認識的人都跟她一樣在那塊戰爭中不停被轟炸蠶食灼燒肆虐的廣大土地上吃著苦受著難，只有過之而無不及。

「你看，現在不是都熬過來了麼。」回顧中，她反倒笑著說，「有書讀，有好同學好老師，回想起來，那時候真的很幸福欸。」

他跟空服員要來一杯熱水，打開面前袖珍得跟肥皂盒差不多大小的日式甜醬油雞肉飯。雖無胃口，還是勉強吃了幾口。

24

他忍受著時差的煎熬，兩眼酸澀，躺在床上不斷翻轉著頻道。

從非洲大猩猩銀背的生平到追究為何大西洋鯊魚近年酷愛把人類當成食物。還有地球上最毒的生物以及動物的發情和交配……

看著看著，果然昏沉入睡。

半夜，睡得正迷糊，接到魚肉打來的電話。

幹嘛現在打來？

這才想起原來自己身在美國東岸。

就想問問你媽媽的情況，沒你想像的那麼嚴重吧？

拜託，妳能不能在我不睡覺的時候打？

他真想就這樣掛斷。但對方纏著他不放，沒講幾句竟將話題莫名其妙的轉到鑽石戒指上去。

走以前跟你講過的啊。你這次能不能趁便去紐約第凡內看看？

在母親病成這樣的節骨眼上要他去看鑽戒？且不論他壓根就沒有和她結婚的打算。但對方已經嘰哩呱啦說上一堆「臺灣的 Tiffany 要打進口稅搞不好還有奢侈稅和其他一堆的稅，所以你在美國買一定比較划得來」。

開甚麼玩笑，紐約的稅有名的高，你又不是不知道。

去看一下嘛，一克拉到兩克拉之間的都可以。

還有你說的那甚麼 3C 甚麼的？

哎你大可不必擔心第凡內的顏色和清純度，他們的產品，無論顏色清純度切工所有的品質全是一流，設計鑲工也都沒得挑。

他不敢相信自己竟在半夜的電話上跟她討論起鑽石來，而且還是在母親病著的這個節骨眼上。

一回頭，竟見母親站在房門口，不知她站了有多長時間。這下他總算找到掛斷電話的藉口。

媽，現在還半夜，是睡覺的時候。

他起身，扶她回去躺下。

這不是白天麼，很亮哦。

那是電燈。現在是半夜。

半夜噢。她喃喃道。忽而像是清醒過來：剛剛你在跟誰說話？

朋友打電話來。

半夜打電話？

他們那邊是白天。

哪邊白天？

臺北。

噢，臺北白天噢……。她喃喃道。

他給她藥片服下，替她掖好被子。這藥起碼能讓她睡兩三小時，或者更久，希望能到天亮。

*

許多年前，他們那時都還小，父親離開以後，有一陣有個姓查的伯伯（這個姓唸渣）跟他們來往得頗為密切，經常請他們出去吃喝玩樂。那個查伯伯做進口生意，年紀比母親大上一截，身材胖胖壯壯，肥頭大耳的，走起路來搖晃生風。

酷熱的暑假裡，他請他們去冷氣開得很強的西餐廳。查伯伯總喊他們「弟弟妹妹」（有可能是他根本記不得他們的名字），開口閉口「弟弟妹妹們如何如何」很是周到，有點刻意討好他們似的。

他最記得的一件事就是，飯吃完，上來甜點和西瓜。查伯伯兩手抓著西瓜片，從一頭刷刷啃到另一頭再刷刷啃回去，速度既快又不吐子，瓜肉瓜子概括吞下肚去。把他們看傻了眼。

查揹揹，您不吐瓜子啊？

他搖著大腦袋：不吐，麻煩。一邊照樣加速快啃。

查揹的膚色偏深，大鼻，小圓眼，身材肥碩短胖，無論走路或吃起東西來的模樣，都像極了一隻黑熊。然而他穿著高檔，總是上好質料舶來品的西服襯衣和領帶。

一隻穿西裝打領帶的熊。姊說。

吃完飯，熊伯伯說「我請弟弟妹妹們看個電影吧。」

他讓母親挑了一部當紅的西片。在電影院熊伯伯特別選坐一個跟他們有段距離的座位，一俟唱完國歌他就打起呼嚕睡著了。直到片子演完燈亮起來，他才張開惺忪的熊眼睛：

演完啦？

熊揹揹搖晃著魚貫跟他們走出戲院，同母親說：我夏天都是來電影院睡午覺的，涼快啊。

她強忍住笑。嗯，是。是很涼快。

＊

直到好多年後，從這裡那裡星星點點的蛛絲馬跡，他拼湊得出一個輪廓，原來母親從姊那兒搬到紐約是因著洛叔。這些年，她一直與他有聯繫。她那樣執意到美國去，看來心中早有定見。母親跟洛叔在美國到底發生了甚麼？他無從知曉，隱約感到當年母親搬去紐約那陣風也似的快樂，搞不好跟洛叔有關。

他無端陷入有如病症般無法控制重複性的回想裡。有如撲打岸礁的浪潮，他顛倒翻覆在母親與洛叔細緻如影片；或特寫或遠攝或蒙太奇的記憶中。

家庭舞會，母親和悅地配合著他的步伐翩然起舞，前前後後，搖搖曳曳，轉個圈，她笑起來「我是不是踩著你了？」「沒。哪有？」

洛叔對母親那些微妙若有似無的親暱之舉，比如跳舞摟腰時用力一緊，大肆轉圈時有意無意親到她的臉龐，慢舞時乾脆將她摟入懷中諸如此類。絲毫不因為他和他姊在場而有所收斂。

周末母親邀洛叔來家吃飯。她繫一條俏麗的圍裙，看起來完全像個年輕幸福的主婦。她已經好多年不曾這樣，臉被熱氣薰得紅噴噴的，溢著笑，眼睛閃著亮光，興致高昂的在廚房中忙活，忙著做一條紅燒黃魚。這還不算，又下韭菜餃子。

嗯。洛叔咬下一口餃子，大讚：果然是道地家鄉味兒。

原來他倆是同鄉，他們是在澎湖那所中學的同學會聚餐上認識的。

夜晚，他倆同坐沙發上促膝聊天。有時他倆靜默著，聽音樂。昏黃的檯燈光暈織出一幅感染人的畫面。洛叔終是耐不住了，他起身換位置，索性坐到她身邊將手臂擱到她的肩頭。母親似是感到不妥，她遲疑著，繼之迅速移轉小沙發上。

這樣幾個季節，洛叔候鳥般來了又走，走了又來。就在他們開始頻頻預感到他倆即將有更進一步作為的時候。許久，他沒再來。

原以為他只是走期耽擱得長些，但從此他再沒出現過。

若干年後，姊姊才跟他提起當年洛叔突然離開的原因，其實並非出於現實的矛盾糾結或任何深奧無比的複雜理由，卻是極其普通簡單的一條，因為他有了新歡，一個比母親年輕且奔放的熟女。

為何那麼多年過去，母親還是不計前嫌的去了紐約？

他沒多嘴去問姊姊，她也沒多說，雖然她比他可能知道更多原委。其實，猜也能猜到，洛叔有家有妻室，他能跟母親走到哪一步？而且，母親早已不再年輕。

他不願再往下想了。

*

他把母親從紐約接回，安頓在臺北郊區一間療養院裡。未久，姊姊一家也因工作遷回臺北。

已經很久了，他們不曾約著一同去看望母親。他和他姊的時間總湊不到一塊。

其實對母親來說，他們去不去看她似乎無甚分別，因為沒有一次她認得出他是誰來。

這位先生，勞駕您……

她說話的口氣仍像四十年前他小時候聽到時那樣。彼時她總用這樣的北方語法和稱呼，臺灣本地人根本聽不懂，甚麼「勞駕，勞駕」？瞎咪意思？

他笑。我是老么啦，不是甚麼先生。

母親這才驚覺：老么都這麼大囉？

稍許，他們聊起家裡的人和事。她一一記起似的問道：他們呢？都到哪去了？

他們待會就到。塞車，今天高速路上大塞。

或他隨便扯個謊搪塞：「爸今天下班晚」「小哥有課」「姊？她不是剛剛才走？對，她晚上有應酬」諸如此類。反正她一轉眼就忘得乾乾淨淨。

半晌，她忽而問道：這位先生，您貴姓？

如果他不點明自己就是老么的話，她會一直這麼問下去：

您府上哪裡？家裡還有甚麼人？老太爺老太太都還健在麼？還沒成家吧？

某次，他試探謊騙她說：爸已經過世了。

她的表情竟相當的平和，好似她早已知道。

您還記得爸嗎？你們在一起的那些年？

記得。我們很好。她露出寬慰的笑：這麼想來，應該是好的。

他莽撞出口：不是這樣的吧？

那個時候的人。唉，所謂的「好」就是能在一起過日子。那就是好啊。

她已不再記得婚姻裡所有的難堪和情傷。

記得澎湖嗎？

她默默沒反應。

你們說那時候「吃大鍋飯，睡大通鋪。學校後面是海，到海邊撿海蚌，海螺絲，用個小鐵罐煮了，給自己加菜」

她笑了，聽故事似的：這都說的是誰啊？

母親殘留的一點零星記憶尚停留在她還沒到臺灣之前。她把成年後的歲月和經歷忘得光光。偶爾，她記起兒時讀過的詩詞，年輕唱過的歌曲，當然只是零星片羽。醫生說，她的大腦即使已大部分退化，卻還殘存某些記憶的連結。

她尤其念念不忘《論語》：「己所不欲，勿施於人」。說嘴甜照顧她的阿姨是「巧言令色」，說姊夫是「君子訥於言，而敏於行」。

她回憶道：有個曲子叫甚麼來著，甚麼森林？藍色的甚麼了？

維也納森林，藍色多瑙河。他說。

對對。藍色多瑙河。母親興奮地邊打拍子邊哼出調兒來。

他一愣，此曲竟如此耳熟？

不期然，有個久遠恍惚的場景剎時掠過腦子，太快了，他還沒抓穩瞧個仔細，眨眼即逝。再想延續那一剎那，卻怎麼也追不回了。

*

那是久遠的記憶。家裡第一臺留聲機，方方灰藍塑膠的硬殼，還有個方蓋兒，蓋子闔起來時，前面有隻（蟑螂形狀——小哥語）的鐵扣，可以鎖上。打開來，放上唱片，當唱片開始旋轉，這時將唱針輕輕擱到唱片上，便播放起音樂來。時常會有渣渣的雜音。沈叔他們說，是唱針踩到灰塵的關係。因此他爸隨後又買了一個紅色天鵝絨面的軟擦，專門拿來清潔唱片用的。把唱片放到唱盤上之前，先用軟擦在上面轉著擦拭乾淨。

他們在客廳練習跳舞，用的就是這臺唱機。沈叔王叔等來找父親練舞，沒女伴怎辦？

不要緊。一人抱起一張椅子，隨上音樂在客廳裡旋轉飛舞，真的從沒見父親那麼瘋過。

有了留聲機以後，他們買的第一張黑膠唱片就是約翰史特勞斯的〈藍色多瑙河〉，〈維也納森林〉等舞曲。

他還記得當時他們用山東腔的英語發音說「約翰斯脫羅死」。哦，那一定是當時最火的一張唱片。

25

他盯著電腦上這段令人興奮的敘述：

「巴西有世界上最大的蚊子生產廠。利用基因編輯技術，成功的製造出自我限制（self-limiting）的蚊子。再將這批特殊基因的蚊子放生到野外，去跟野種蚊子交配，造成子代死亡，導致蚊子大量減少，用以控制巴西的登革熱、黃熱病等疾病。」

真神奇！得把這個跟小哥去說說。不，不能這麼便宜了他，得要先考考他。

喂你知道巴西甚麼最有名嗎？我指的可不是里約熱內盧的觀光啊。

小哥想都沒想就說：蚊子。

接下來一定還會補上句：早知道了啦，都是舊聞了。

算了。沒意思。不說了。

＊

Youtube 上傳來一首蕭邦的前奏曲。沉鬱鬱的，緩慢得彷彿成不了調，某一瞬間突然開始飆升，激越不已，繼之再度緩慢下來。

魚肉洗完澡，裹著浴袍頭上頂著大毛巾。全身蒸騰著，走過來一屁股壓在床頭，說：這樣好了，知道你小氣，你不肯出全部，那你出一半好了。

她指的是買鑽戒。

不行。他不知打哪來的勇氣：我根本沒打算要結婚。

他索性跟她挑明了：我們真的不合適。

早你為甚麼不說？

難道你認為我們合適？

那你何必搬來跟我住？

是你叫我來的。

他又加上句：更正確一點說，是你央求我來的。

那我現在叫你滾。我央求你滾，行不行？

現在？

對，現在。

就這樣，他以平生最快的搬家速度搬出了那間四維路上的公寓，其實說是出逃也許還更貼切。

元旦前的除夕夜裡，街上根本找不到空計程車。沒法，他只好拖著一大件行李，背上一個大揹包，手提電腦，肩上再掛上旅行袋和被褥塑膠袋，像一隻馱獸似的，踉踉蹌蹌穿過馬路，在一批批趕著去101看跨年煙火的歡樂人群中，走下地道去搭捷運。如果不是他的儀容衣著還算乾淨整潔的話，肯定會被當成無家可歸的流浪漢街友之流。

其實他還真無所謂，臉上甚至莫名其妙掛著一絲笑意。車子進了站，撲面掀起一陣風，吹散他額前頭髮，他非但沒有被人在除夕夜趕出家門的沮喪，反倒感到幾許輕鬆。甚至為再度恢復獨居而慶幸。

多年前母親賣掉老家公寓去美國後，有很長一段時間他一個人孤孤單單獨來獨往。

回家見不到半個人影連個說話的對象都沒有。他開始想念跟母親相依為命的那段日子。兩人面對著面吃飯，即使沒甚麼話好說，或講的都是些不疼不癢無關緊要，甚或抬槓以及忿恨她的那些時刻，現在回想起來，都還是有滋有味的。

他開始恐懼回到住處面對空寂。半夜常驚醒，覺得不安，有時還會感到無端的害怕，手心出汗，再難繼續入睡。至於怕甚麼，卻說不出個所以然來，也找不出特定擔憂害怕的對象與事物。

週末獨自坐在屋裡，感覺空氣彷彿凝結成塊，沈重得難以呼吸。一種囓心蝕骨的孤寂由裡而外翻攪，由外而內偷襲。就像小哥說的，會咬得人肉疼，咬得人出血。

他跟自己說，這是一種獨居恐懼症，要不就是過度孤寂引發的焦慮。不管是甚麼，總之是個病。是病就得醫，當要想個法子治療才行。

在租屋廣告上看到一個條件不錯的【雅房出租】廣告，他跑去一看，未料竟是他們的老鄰居小時候的玩伴曾弟，還是對方先認出他來。直呼「太好了，真是巧啊。」

曾弟已婚，但沒孩子。曾媽又搬去跟曾姊一家同住。「所以你看，房子空出一大片來。我們兩個實在用不了。你能來住太好了，我們不就跟一家人一樣了嘛。」曾弟遺傳了曾媽會說話的天份，這幾句話正好講到了他的心坎上。

雖然地點偏遠了些，加上離捷運站起碼要走個十多分鐘。公寓也屬老舊，好在有電梯，而且地方著實寬敞。對他來說更重要的是能夠每天早晚看到人，而且還是小時候的舊識，這是多麼的難得。

即使只每天見個面千篇一律打個招呼，也是好的。

就這樣，他像是遇見多年失散的家人般歡天喜地巴巴趕著搬進了曾弟家裡。但不知怎的，每次越是看好或想得很美的事，最終收場不是灰頭土臉便越就讓他失望。

住了約莫兩三個月後，在一個大雨滂沱的黃昏，他拖拖拉拉鼓搗著幾大件行李搬出了曾弟兩口子的家。先前在網上找到一間專做觀光生意的民宿，立馬叫了一部小黃直奔而去。

雨水在紅綠霓虹燈五顏六色的映照下縱橫流瀉在四周的車窗玻璃上。小黃司機不甘寂寞的把收音機的音量開到幾近刺耳。他從血雨斑斑的空隙中遙望車窗外不斷消逝變換的人群車群市區商家，恍惚中回神，這才憶起（彷彿重拾荒曠久遠的歷史）之前曾被自己視為畏途和煎熬的獨居生活，其實是多麼的自在。此時大夢初醒，簡直不能明白自己當初怎麼會把那麼寶貴的一份清靜自在棄如敝履？

＊

他拖拖拉拉搞著幾大件行李電腦棉被袋子甚麼的，跟著這個劉小姐的身後來到這個從網上訂到的日租套房。

上網不會有問題吧？

不會啦。

熱水 24 小時都有？

對啊。

冰箱空調微波爐都是好的吧？

劉小姐看他這麼不放心，便問：你不是本地人吧？

他不知要怎麼回答。

是大陸的嗎？

你看我像大陸來的嗎？

不太像吶，不過你的口音……

這些年多次被當成大陸人，原來，是口音哦。

你們網頁上說這棟樓裡有酒吧？

早關了啦。想喝酒了喲？

沒啦。就問問。

劉小姐把號碼鎖的號碼交予他，數完錢，放進包包。丟下一句「等下 101 放煙火，超棒的，可以上到頂樓去看喔。」

他安頓好行李，上網測試一切無誤後，感覺這個除夕夜似乎應該幹點甚麼。

雖說只是個元旦的除夕又不是真正過年，但既然剛跟魚肉分了手，而且還是那種撕臉的形式，這會心裡正犯虛，不怎麼是個滋味，理應彌補安慰自己一下才對。再說了，其實這不也正是自己一直以來想要的結果嗎？那不就更該慶祝一下囉。

這時聽見有人敲門，竟然是那個二房東劉小姐。拿著瓶香檳兩笑嘻嘻說「樓下便利超商買的。」一股濃重的酒氣衝他而來。看來只這麼一會功夫，小劉已把自己喝了幾分醉。他正不知如何是好，小劉擠進門來。

他開了那瓶便宜香檳，兩人對坐著乾杯。他覺得很不自在，不知怎的卻又幻想著表現出一副自在隨意來。

小劉說：跨年耶，一個人過簡直不像話。我男朋友劈腿了，混帳東西。你呢？沒老婆啊？跟老婆吵架？還是被人甩？

差不多，就那麼回事吧。

女的去了一趟廁所，出來後上身的襯衣已脫去。豔紫色的胸罩將她裸露的上身襯得份外撩人。他忍不住了，上去撩撥她。儘量不去看她的臉。女人動手退去他的外衣褲。兩人藉著酒意，玩弄彼此好一會，從沙發滾到地上，又從地上爬到床上。女人要他這樣那樣，也自動幫他，哼哼唧唧的玩興正濃。

小劉的手機響起來。她爬過去接。講沒幾句就掛了。轉頭對他說：趕快把衣服穿上我老公來了。

你有病奧。

就是有病。她回道。

他火速將衣褲穿回，乏力的仰倒床上。

或許他突然睡著？總之昏暈了片刻。不記得那女的是怎麼離開房間的了。

他瞬間醒來。

決定上頂樓去湊這個跨年煙火的熱鬧。

登上大廈的頂層時，早已有人在那兒喝酒開趴，不時爆出亢奮的歡呼。

他驚異的發現半個天際被映得光彩透亮。喔，整座 101 正如一個電動發光巨塔般；爆裂噴灑著華麗晶亮的跨年煙火。璀璨逼人，噴泉般絢麗四射，感覺幾幾乎要噴濺到身上來。一會像松鼠尾巴一會又像螺旋金絲纏繞，一會噴泉如湧一會滿天星斗天女散花。突兀間，他感覺內裡好空。眼前炫麗的煙火，風一般吹來陣陣歡慶的茫然。

他們全家爬上公寓的頂樓。

哇頂樓好大，好大哦。

他們興奮得又叫又笑又跳又蹦。

喔，跟操場一樣。

比操場還大！

涼風吹起，他們跑著，跑著。

他一陣心悸。心中怦然警示：不能夠上頂樓。

小哥呢？他開始大叫小哥。

他的喊叫變成狂吼，卻被四周狂歡人群的歡呼尖叫與煙火砰砰聲所淹滅。沒人回應，更沒小哥的蹤影。

奇怪，那個平時呼之則來揮之則去的小哥呢？

他猜自己醉了。

但也許並不是。

他像被甚麼東西在內裡緊緊匝住壓縮，身體發生陣陣痙攣，幾乎無法呼吸，險些踉蹌倒下，但有一股強大的意志促使他清醒（或更瘋狂）。

繼之，他一鼓作氣振奮起來，準備跨越一道不曾跨越的障礙。轉念之間，他抬起胸膛向著屋頂邊緣起跑，仿效跳低欄的賽跑選手那樣衝刺，接著奮力躍起，伸腿跨越護欄。

卻在同時，他被彈撞回來，重重摔倒在地。

有人發現了這個在跨年夜瘋狂表演的白癡，趕緊過來關切。他蹲坐地上大口喘著氣，側臀發狂似的疼痛，感覺要吐，卻只乾嘔兩下。有人說這傢伙喝醉了，有人說他嗑了藥，還有人嚷嚷要叫大廈保全或趕緊報警。終於有人將他扶起來，問他可還能走？是否需要就醫？

他擺擺手，緩緩移動疼痛的下肢，一拐一拐趄趄趔趔消失在人群的視線裡。

四・如今

26

週末早上他被小蘇的來電吵醒。

就是曾跟他詳細報告都更案，對舊區房地產瞭如指掌知識淵博的那個小蘇。

剛接到來電時說實在他還真有些受寵若驚，自己在這等厄運當頭深陷爛泥堆當兒居然還會有人打電話給他？

不過也真湊巧，就在他又勾起找房買房想念的當兒，竟不期然來了小蘇的消息。更讓他沒料到的是，這樣一通平常普通來自鎮日為衣食奔波俗世人間的電話，竟如此輕易的拯救了他。

自從這通來電，他一舉回復到過去生活百分之八十的常態中，開始繼續中斷了好一陣的尋屋之路。對啊，凡事總要往陽光面想，要是核桃的事突然就此落幕呢，他不是又要重新回到尋宅的軌跡上去麼。再說，就算是核桃之亂繼續下去好了，他總不能在姊家那個佣人房殘度餘生吧。

他左估量右琢磨，總結所有的資訊以及自己實地的勘察，不知怎的他就是感覺舊家那個社區最接近他的理想和預算。雖然錢還差那麼一丁丁，但如果賣主肯殺個百兒八十萬，自己再想辦法多弄個一兩百萬，這樣也就差不多了吧？

只是過去小蘇曾嚴肅跟他說過：我實在不敢保證。都更真的很煩，連煮熟的鴨子都能飛了。像那甚麼國宅的建案，本來全談好都開始蓋了，建到一半忽然一下爆出建商賄賂營建署，喀喳馬上就停擺。另外還有黑道介入要脅不肯點頭答應都更的屋主，甚至還死過人，這些事你一定也都聽說了罷。

他點點頭（其實他一件也沒聽說過）。

當然這也要看運氣啦。有些都更案背後真的是黑幕重重。我不是在嚇你喔。

然後小蘇頭一低，湊上前說：要不，買小戶一點，新一點，小坪數的？

他大剌剌回道：那些房子要麼小得像棺材，要麼窄得沒法轉身，簡直就是叫人提前入殮麼。

看來您就是非舊區不可其他一概都不要就對了。小蘇長歎一聲，好像為他認了命。

這會小蘇電話找他並非無緣無故，為的還是此事。他手上有則快報，一個火紅的內線消息，說就在那個舊區有家老住戶想要將手上的房子脫手，目前正在應徵房仲商議著如何開價呢。

他立即怦然心動：現在就去看看？

最好不要。小蘇一整臉：跟您報告，現在正是對方斟酌著哄抬價錢的節骨眼上，這麼一來不正好給他們抬價的正當性了嗎？

好吧。他雖嘴上答應著，卻止不住好奇，趁午休偷偷跑了一趟舊區。

根據小蘇資料上的地址，他一看之下簡直驚呆了。

他像一隻困惑遇阻的螞蟻那樣，左兩步右三步在樓底不住打轉，四面八方探頭探腦察看思量，並不斷抬頭仰望二樓。貼著老舊瓷磚的陽臺上加裝了鏽鐵護欄，幾罐垂死的盆景晾在那兒。客廳大窗兩側掛著兩束綠蒼蒼的舊布帘，屋內一片暗沉。此時，他恨不能手上有副望遠鏡可以直眺室內。

難道，這真的是鋼琴老師的舊家？

河沒有了。靠河公寓牆面上的爬牆虎也不見了。他竟無法確定這棟公寓就是當年臨河的那棟。旁邊又開了一條馬路，馬路對過還有另排舊樓。難道藍老師舊家是對過的那幢？本來對區舊還原信心滿滿的他，這會兒全弄糊塗了。眼前稀稀落落的行人與兩三戶潦倒的店家毫無為他解開謎底的意思。

他惶惶然站在馬路邊上，正欲拿起腳來往對面馬路行去，突然不知打哪兒傳來一系列緩緩的琴音。

他站定，一陣洗滌心靈與提升意味濃厚的旋律裊裊而至。眼前，驀然出現鋼琴老師蒼然的彈奏側影。頭輕微甩動，髮稍幾乎觸及鼻尖，雙手熟練撥弄琴鍵，身體與雙臂隨旋律優雅的擺動。

沒錯。

藍老師的琴聲。

他的心不由得怦怦跳起，再欲進一步確認。這曲不僅耳熟，而且這旋律，悠然昂揚卻猶似載負心靈重擔的節奏，莫不就是老師過去彈的那首巴哈聖樂〈Jesu Joy of Man's Desiring〉？

浸淫樂聲之中，穿越過往。他看見葳葳靜坐沙發一角，她平板蠟黃的小臉上不帶任何表情，身體單薄瘦小，外貌上幾乎找不到一絲幸子的影子，她出奇的安靜，沉靜得幾乎陰鬱。他不記得自己跟她說過任何話，如今認真回想起來，彷彿也從未聽她開口說過甚麼。不彈琴時她完全乏善可陳，但只要讓她坐到琴前，便像得了琴魂似的，生命力磅礴，洋洋灑灑自指間流淌，如魚得水般的自在。姊姊和他經常被她的彈奏吸引，定在那兒像被催了眠，一曲接一曲，往往忘了回家的時間。

葳葳琴彈這麼好但她媽媽好像也沒覺得怎樣。姊姊曾不止一次這樣說過。對啊。聽葳葳練琴時，幸子好像並沒有特別激動或得意或光榮的神色，有時甚至還摀著嘴打哈欠呢。

她好像不太喜歡葳葳。姊姊斷言道：知道為甚麼嗎？葳葳長得太像顧大涼了。

他倆忍不住竊笑起來。

藍老師彈奏完畢，兩手放回膝上，低眉側目，似在冥想。他在思索甚麼？難道只是在想樂章嗎？平時他相當沉默，幾近乎木訥，眉心打著些微的結，眼光帶一絲疑懼和抑鬱，似乎感覺生存不是那麼的穩妥，似乎在對甚麼懷疑著。

師母從廚房轉出，她身著一件深赭色連衣裙，細韌的腰間繫一條淡褐皮帶。她本就是個非常白皙的女人，如此打扮，更像極了服裝雜誌上的日本婦人。

她將一盤點心之類的吃食擺在櫥櫃上，抬頭關注了一下鋼琴前的丈夫，似是猶疑著要不要打斷他。她的臉色那樣蒼白，有一隻如鷹般高聳的鼻子，配上深色的口紅與濃黑燙髮，前胸的大挖領露出異常蒼白削立的頸項，整個人看起來實在很像童話繪本裡白雪公主那個成天對著魔鏡使壞的後母。但其實，她為人其實非常溫和良善，說話總是輕聲輕氣且都微笑著，黑圓的眼眸溫柔，眼角開出魚尾巴似的笑摺，問他要不要嘗塊壽司或糕點甚麼的。記憶中，自己總是壓抑著嘴饞說不用。

藍老師咳嗽一聲（這是他彈奏前習慣性的預告），將手再度放回琴上，熟練而且習慣，但莊重如儀，特別是，他與琴鍵之間彷彿有種非比尋常的親暱。

音符開始自老師的大手指間流瀉，舉重若輕。

自己立即被琴聲籠罩，並隨之迭宕起伏。

姊姊在他耳邊輕聲說：蕭邦的〈離別〉。

此時，幸子從廚房探出頭來。雖只短短一瞥，卻被他的眼睛捉了個正著。她圓潤白亮的臉龐，彷彿一道清晨的陽光，一下子將整個空間都耀亮了。他隨之感受到一股確切的幸福。

葳葳仍靜坐沙發一角，她微低著頭，臉上不帶任何表情。忽然他瞥見她放在膝上的十指微動，原來，她正隨旋律默彈。嗯，搞不好還能挑出藍老師彈奏的毛病呢。

師母輕巧的移轉身體於餐桌與櫃櫥之間，她將那只家家戶戶必備扣在餐桌上為防蠅蟲保護菜肴的綠紗罩移走，輕手輕腳將菜碟移至廚房，再一一安置桌上的餐具。

完後她順勢在桌旁坐下。她安詳的坐著，一動也不動，像一個畫幅裡的人物，高聳的顴骨與白色削瘦的臉龐在暗色衣著與背景相融襯托下，猶如懸浮著。

不知何時，藍老師開始另起一曲，琴聲如浪，不斷推進，不知覺間已翻轉至另一階潮汐。

牆邊立著的時鐘鐘擺規律地來回擺盪。

他突然從樂聲中抽離，想到再過幾分鐘不就該到他的學琴時間了嗎。藍老師的彈奏還在繼續，他對這曲目並不熟悉，不曉得這會是彈到哪兒了。一邊這樣想著，卻又不知不覺被琴聲帶著走。

他瞥見幸子從廚房走出，因而立即清醒，自旋律浪波中浮出水面。她正端著一盆枝葉濃艷的插花，小心翼翼將之放在桌上。她的面孔紅馥馥的，有些似笑非笑。

莫非今日是甚麼節日？他正尋思：或是藍家特殊的日子？

不想，幸子朝他飛來一眼，似是有絲笑意，欲語還休。這令他想起陪幸子去醫院的那日。

你陪阿姨去一個地方好嗎？

還沒等他答話，她已牽起他的手開始走了。

那是一個四月的熱天，她也是這樣泛紅的臉頰，也是這樣似笑非笑欲語還休。不過，她當時明顯的有些緊張和著急。

他們來到那間有些歷史的臺大醫院，巍峨莊麗的紅磚舊樓，周遭草木扶疏。媽媽帶他來過這裡多次，十幾歲之前幾乎年年都會來小兒科報到。他發著熱，瞬間胸前衣裳被拉起，醫生用冰冷的聽診器按在他高熱的胸口上。看完病，母親照例去福利社買一盒糯米豆沙麻糬。

走進鋪著黑白蜂窩狀地磚的大廳，撲鼻而來是熟悉的藥水氣味。幸子牽著他的手，搭上一部鑲著鑄鐵柵門的古董電梯。進去後管理員立即拉上鐵柵門，在古老的鐵鑄號碼牌上按下幸子告知的號碼，電梯便吭嗤吭嗤的往上開動了。

充斥著強烈藥水味的病室走廊裡，幸子拉著他走過來走過去，終於找到她要的病房。卻沒料到，她想探視的人已不在床位上。她呆立在那兒望著空落落的床位，訥訥不知所以，似有些恍神。一個路過的護士告訴她病人已經出院。

啊已經出院了。她喃喃著。

他們在醫院門口搭上公車，短短幾站下車後，沿著安東街河而行。

他依稀記得，幸子穿高跟皮鞋勻稱小腿的倒影在河水中綽綽約約。湛藍泥黃蒼綠漆黑多種混色的河水悠悠流著。岸邊的草色蒼蒼，黃土石頭錯雜，荒煙漫草。

馬上，就快到了。這句話幸子重複地說了好幾次。

她不住拿手絹擦拭額頭上的汗珠。然後，她拉著他鑽進一條極為窄仄的小巷。他們像兩隻覓食的老鼠那樣慌慌張張左瞧右嗅穿梭在拐彎抹角的巷道裡。

他感到幸子緊攢著他的手心不斷冒汗。

終於，來到這條窄仄小巷的底端。出現連在一起的幾間小屋，幸子低頭匆匆走向其一。他十分訝異幸子竟沒撳電鈴卻從包中拿出鑰匙逕自開了門。拉他進入後，她匆匆帶上門。哦，門內竟有個小院？不想，她已三步併做兩步穿過小院進去了。

他隨後走進屋去，同時聽到留聲機上旋轉唱片發出的樂聲。

這算是客廳吧？如此之小。屋中沒人。他悄悄往裡間挪移，房門半開著，探頭往裡一瞥，瞧見一個人躺坐床上。他一嚇，心臟怦怦險些跳進嘴裡——那個人臉上肩頭竟都包滿紗布。

這時，幸子從後面（大概是廚房之類的地方）進來，手上捧著一個杯。床上那人明顯開始呻吟：

　　唉喲，喲……

　　沒錯，是男人的聲音。他怎麼了？受傷嗎？還是被火燒的？葳葳的爸爸不是在監牢獄裡嗎？所以，這人肯定不會是顧大涼了？對啊，看著體型也不像，顧大涼在電影裡是個瘦乾巴。但這男的，即使只看上半身，也頗魁梧。立即，一片奇異的思緒掠過，他想起曾看過一部名為《夜半歌聲》的國片，一個曾為演員的男人臉部被火灼傷後卻仍藏匿在那間荒廢的劇院中，每每夜間帶著面具出來唱歌。那部片有些恐怖，但又「纏綿悱惻得很」母親當時曾那樣說過。

　　他直覺這男的跟幸子有種不單純的關係。這念頭使他感到臉上一陣燥熱。對喔，要不，她怎能這樣坐在他的床沿上；而且還這麼不害臊的久久的看著他呢。

　　不知過了多久。幸子似乎已經忘記還有他的存在。

　　忽然聽見唱機發出噠噠的怪聲，音樂一個勁的重複。這時屋裡的兩人不約而同轉頭，他們看見了靠在門邊上的他。幸子趕忙起身，經過他身旁時不小心蹭了他一下。這一刻，他感覺到她灼熱的體溫和怦怦心跳。

　　幸子小心將唱針拿起，聲音嘎然而止。她轉身對他說：我們走吧。

頓時，樓上的琴聲也停住了。

他愣在那裡，好一會兒。

然後他像一個被遺棄的人那樣，四下環顧，發現自己正立在一個荒涼破落的街角，車聲人聲在兩個街口外不斷起伏跌宕。

他有些氣急，惶惶不知所以，卻也無計可施。他不管，硬是繼續豎起耳朵，奢望琴聲會突然間開始繼續。

但是沒有。

他仍舊呆愣著。街風四起，人行道上的樹葉零星掃下。耳際卻只有嗡嗡雜音以及兩個街口外大條馬路上傳來的喧囂。

他有種說不出的，遙遠的，不切實際的失落。

終於，他無奈的，不走不行似的，有如一頭走失的牛隻，緩緩掉頭而去。

27

自從惡性失眠跟公司告了三週長假之後，打那時起，每當半夜輾轉反側無法入睡，他即養成半夜踩大街的習慣。

走在這麼一個黝黑空寂的寧靜之都，他簡直無法相信這就是白日裡那個人聲鼎沸蒸騰喧囂的臺北街頭。

大約因走路運動的關係，先前因睡眠不足引起的口鼻乾燥喉頭隱隱作痛等症狀變得相對輕微，不再那麼難受了。

途中有間賣燒餅油條的早餐舖子，五點不到已開始點燈上工。這是他行經此處一個慣例性的指標地，往往每走到此已是四肢癱軟。他跟自己說，快到了，就快到了。

這天清晨，行經燒餅舖時，突然聞到一陣濃郁熱騰豆漿香。他貪婪呼吸著這道暖透心脾的氣息，混合天還未亮帶著曉露的清晨新鮮空氣。

他忽然感到餓了。決定坐下來吃頓燒餅油條豆漿早餐。

吃完一套燒餅油條，還覺不夠，又叫了一個飯糰。

舊家公寓的馬路邊上也有一個燒餅油條攤子，就在木材廠旁大片的空草地上。週末和暑假的早上，小哥和他是那兒的常客。他們叫了吃的，悠哉坐看馬路上過往的鄰人。他很喜歡這樣的早晨。沒有城市裡其他地方的那種吵雜喧譁，他們這兒，不管住戶或店家，都是靜靜寧寧和和平平的，沒有音量開得過大的流行樂或東洋西洋歌曲，也聽不見大聲嚷嚷的叫賣講價聊天斥鬧甚或打罵孩子。

父親在路上與鄰人點頭寒暄。每到周日，鋼琴老師換上雪白的球衣褲拿著網拍去打網球。曾家媽媽買菜經過，每次都會繞過來與人招呼說話。至於姊姊麼，總像沒看見他倆，永遠如同趕赴一個重要的約會似的，昂著下巴快步而去。

他們邊吃邊欣賞店家料理各色食物的手法。老闆娘將一個短小的麵皮中央用隻小棒一壓，放進滾熱的油鍋後，立刻膨脹起來，瞬間煎成又黃又脆的油條。老闆把兩面沾滿芝麻的生薄麵送進火紅的烤爐，貼在爐壁上。幾分鐘後，再拿一根長柄的鐵器將它勾出來，就是烤得噴香好吃的燒餅。

有人要豆漿裡加蛋。老闆女兒先是極快打個蛋在碗裡，再將蛋噠噠打碎，然後用滾燙的豆汁澆下去。頓時，碗裡沖冒出一圈滾滾圓形的蛋花。

他們尤其愛看的是老闆娘女兒包飯糰的技藝。她熟練的先將大木桶裡剛蒸好的糯米用飯勺舀到一塊溼毛巾上，三兩下把米飯壓扁壓平，再將榨菜肉鬆油條等材料放上，把毛巾裡的米飯捲起並用手滾上一滾，如此包得緊緊實實，就是一個好吃的飯糰了。

我們不要每次來都叫燒餅油條好不好？

對。小哥說：我要試試那個飯糰，看起來好好吃。

我要叫鹹豆漿。

也要加蛋？

不加蛋。加蛋看起來很噁心。

對。好像原子彈爆炸。

他笑起來。小哥真天才哩。

此刻，他一邊口咬手中的飯糰，一邊逐漸降下外層包裹的塑膠袋。這才憶起，彼時，飯糰都是用一片剪過的香蕉葉（或芭蕉葉）捲起來，而非塑膠袋。他突然非常懷念手裡攢著柔韌新鮮葉片包裹飯糰的感覺。那道懷念又立即轉換成一團熱烈的想念，以及，放眼望去，棚外大片的草地（他們曾打野戰和踢球的地方），藍天下堆疊一朵朵的褐黃木材，地域廣袤，遠山都顯得柔軟。

記憶混淆著想像，他腦海中浮現出一幅格外舒心美好的景象。

＊

如今，他以一帶罪受審之身屈辱的苟活，不知道這種見不得光、晦暗低迷的日子何時才能結束。幾乎每夜，他行屍一般走在黑黝空蕩的街頭，從黑夜晃到天光懵懂亮起，一直走到腿腳麻脹。最後拖著近乎遭凌虐後的不堪；返回那個堆滿雜物的小室，死一般倒頭睡去。

直到某日無預警的接到伍律師的電話：對方撤告了。

見他沒出聲。伍律師再講一遍：何玥桃對你撤告了。

好半天，他才吐出一句：是和解嗎？甚麼條件？

不是和解，不需要和解。她撤銷告訴了。

那，那是民事部分對不對？刑事部分呢？強暴不是屬於刑事罪嗎？

伍律師極有耐心地：在完全沒有直接證據，原告又撤告的情況下，刑事也不能成立。

你不是說她有我體液的證據嗎？

對方律師已經不再提這事了。

檢察官呢？怎麼說？

還沒上到那個層次呢。我猜那體液甚麼鬼的根本甚麼都測不出來，所以他們基本上沒把它送上去。總而言之，一定是那體液跟你無關，才讓他們死了心，打消對你的告訴。

那體液不是我的？

不知道，可能是，也有可能不是。即便是你的，但他們測不出來，無法證明是你的，在法律上，它就不是你的。

如果是我的，沒有理由測不出來。

伍律師說：現在這已經不重要。你的案子結了。這還不好嗎？

他很想激動大叫：她以為她撤告就算還我清白給我大恩大德了嗎？這段時間我根本就是活在地獄！我所受的這些抹黑精神壓迫和不白之冤還有網上的辱罵霸凌不是一句撤告就能擺平了的！

但是他只短短回了句：她以為這樣就算完了？

那你要怎樣？伍律師說：你不想要結案，你現在要反過來告她誣告是不是？要她賠償你名譽損失精神損失還有法律費用？

沒錯正是這樣。

那也得先結了這個案。我們要另外再開一個 case。

隨即伍律師換了一個緩和豁達的口氣，儼然像是個睿智的長者：

我是覺得噢，算了啦。你再打一個誣告的官司也很麻煩，也不是說百分之百絕對能打得贏。不如這樣啦，我們跟她把你花的訴訟律師費這些討回來就好。她要同意的話，這事就結了。怎樣？你考慮一下吧。我跟她律師問看看。我還有個會要開。好吧就這樣了。

他搓著發汗的掌心，有些不知所措。不曉得該從哪個方向思索起以及該如何判斷和總結這樣一個突如其來的狀況。

即使這是他一直以來祈禱做夢卑微願望成真的一個大好結果，他卻沒有獲得遲來的勝利正義那樣一種還他清白的大喜大樂，反倒有些六神無主，似乎像是不知哪兒出了問題，有些蹊蹺。

咦？核桃撤告了。不是因為她又突發奇想要甚麼出鋒頭的奇招。她撤告了，是因為證據出了問題。

為什麼證據會出問題？姊姊瞪著畫成近似黑蝌蚪的粗眼線：噢我知道了。

她大聲宣告著：肯定是有另外別個人那天晚上趁你倆酒醉之際把她姦了。只有這麼一個可能！如果那人不是你的話。

妳別來亂好不好？讓我靜一靜。

長久以來，核桃早已被他從人類中開除。他甚至不屑想起她來，腦中只要閃過她的影子便立即自動刪除。這一刻，他卻做著一件自己也不太能理解的事。他竟然上網搜尋起核桃最近的動向和行跡來。好一陣沒見她在電視上招搖了。她去了哪裡？她都在幹些甚麼？她為何突然對他撤告？

從臉書上發現她還活得好好的，美滋滋的，正敲鑼打鼓在找對象呢。甚麼「女人最終還是離不開好男人」，還是已經找到才發出這樣的告白？

她正整裝待發，目的地是菲律賓某個非觀光的小島，說要給自己一段心靈的假期。繼之話鋒一轉，講到那兒正鬧鱷魚，一條或數條巨鱷作亂多時，活活吞食好些漁民孩童甚至整隻的水牛。她要招兵買馬帶一個拍攝團隊去，看看是否能有所斬獲拍到精彩片段。

乖乖，看來作風依舊。

其實這已是她前一陣臉書上的舊聞。他無法抗拒不去看有關那條巨鱷的視頻（六七個壯男手持繩子工具將牠從河中拖上岸來一邊數落牠所犯下的吃人罪行。喔真的大得像恐龍耶）。

原來，核桃並沒在小島上活活被四十英尺餘的巨型鱷魚呑下肚去當食料吃掉。她活得好好的。心靈假期之後不僅整個人脫胎換骨，思路似乎也更上層樓。在另一條視頻上，她大談計畫在老家員林投資蓋民宿，還要整頓蕭條多年的沒落小城，如何讓年輕人回流，如何結合觀光和小鎮的傳統手工製造業，「像是藤編啊，手糊燈籠，木刻神像啊這一類的傳統藝術……」

脂粉未施的臉竟讓他憶起她過去晨起的模樣。

嘿啊。她不斷搧著人工黏貼的長睫毛：對，既可開展文創式的觀光產業，又可以挽救已經落寞的甚至消失的在地文化。

他吃驚自己反應之淡定，如今她幹出再驚天動地的事大概也不會讓他驚訝。倒是，她一字未提及與他有關的任何事，無論官司或其他，彷彿那是她上輩子似的。媽的。

或許，這個世界對他而言太過龐雜，他無能參與其中。搞不好是他腦力不夠，坦白說，自己的智力不過也就是看看動物的水準，比如那隻吞食活人的鱷魚之流。

*

在搭高鐵的這一路上，他內心充塞起伏著各式各樣複雜的感受。

窗外的農野在行車的快速中變成一道道充滿療癒效果的怡人帶狀綠色光影。儘管人生如此無常，這道瑩瑩的綠色影帶，以及穿透玻璃和空調的陽光，速度與些微顫抖帶有韻律感的安全搖晃，卻如此的讓人平靖，心安。

平穩超快飛逝的風影中，他開始一一清捋。終於清晰了，還是有如重生那股感受為大宗。

畢竟，長期以來憋在心頭的重壓除去，核桃撤告了。

他吐出一口重重的嘆息。

那天的面試也如小河流水般輕輕鬆鬆毫不費力氣，所有的問題更彷彿是專為他個人準備打造似的。

回程中，無巧不巧。雖然在他腦後曾飄過那樣的可能，但怎麼偏就那麼巧啊？阿江竟然大剌剌出現在他面前。

蛤？對方先是一驚，隨之展開一貫的瞇眼笑容。

一時之間他被不知哪來的一股怨怒堵住胸肺，其來勢之猛烈無可抑遏。瞬間，他二話不說，竄起身來立刻出拳揮向眼前那個死皮賴臉的笑。

阿江猛抬胳臂不僅將他的拳頭擋住，且在他未及防範時竟順勢反手還他一拳，正中他的胸腹。

這非但未將他擊倒反倒更加煽動他的內在怒火。他幾乎是反射性的以更威猛的攻擊火力再度揮手連續出拳。有一記不偏不倚，正中對方的臉面。隨著他拳頭碰撞硬物的一陣吭鏗嘩啦，阿江的牙齒呸呸啪啪如吐瓜子般噴落。

他先還以為打掉的是他的假牙，定睛一看，碎牙和著血和唾液噴流得到處都是，噁心至極。

要死了。真的，是他的牙齒。

他不明白自己為甚麼會做這樣不可思議的怪夢。但為何連做夢都恨得想揍他，他真那麼恨阿江嗎？恨到那麼想狠狠痛扁他一頓？想一拳打落他整口的牙齒？

他想起阿江帶他夜遊的那個瘋狂夜晚。那一切都是真的吧？即使現在回想起來，其猥褻的程度都還讓他覺得渾身坐立難安。

他不由自主陷入更多的回想。

那天晚上，早些時阿江曾來找他，還順手帶來一個披薩，對吧？

阿江進門時沒按門鈴，是直接開門進來的。他記得很清楚，當時自己還覺得有點怪怪的。

沒錯，阿江的確有那間公寓的鑰匙。

這不奇怪。理論上，當時阿江仍住那兒，再說若沒鑰匙哪能帶他去看核桃的公寓？值得注意的卻是，阿江習慣性用鑰匙開那公寓的門，即使他不住那兒，甚至不管是否有別人住在那兒。就像他帶披薩來的那晚。

他不知道自己這條思路到底想往哪裡去？

難道說，在那個酒醉的夜裡，真有別個男人進來趁他倆酒醉沉睡之際強暴了核桃？

若然，那人是誰？

阿江？

不。不可能。他立即否定了自己。阿江是他的朋友，一直都是他的朋友，哥兒們。這傢伙即使再痞子再吊兒郎當，再隨波逐流，再沒有道德誡律，卻不至於搞甚麼強暴，更不至於強暴完了還讓他去揹黑鍋。

另外，阿江不是在核桃回國之前就已回到溫哥華了麼？不是半夜還接到他從機場打來的電話？

有可能只是飛短程，上海，北京，廣州，都有可能，不幾日他又回到臺北。他在臺北有房子，隨時可以回來。就算是回到溫哥華好了，也可以一兩週便回臺北。

回臺北又怎樣？即便確定阿江那晚是在臺北，也不能證明事情是他幹的。

他想到多年前阿江與簡艾熱舞的荒唐行徑，以及與阿江有關的那場多Ｐ性趴。這樣一個傢伙，甚麼事幹不出來？

但是能幹這樣的事，並不表示他確實幹了這樣的事。

如果不是阿江，又會是誰？核桃的前夫？她的前男友？到底還有哪些男人有那間公寓的鑰匙？

他突然拗上一股牛勁，對，非把事情弄個水落石出不可。

他決定要提告。只有循法律途徑來把這事弄清楚。他不管伍律師說甚麼，怎麼想，反正他是告定她了。

28

命運要翻篇兒，你是擋不住的。小哥說。

是嗎？他半信半疑。

面試的結果出來了。新公司給他的條件很優渥，即使他在原公司日後會有較優勢的退休條件，但折算起來，新公司幾年之內多出的薪資足以彌補舊公司的退休優勢。

走在新公司偌大的園區裡，有種格外透氣的舒爽，這是他好久以來都不曾有過的。真的，這個新興的臺灣矽谷小城似乎連空氣呼吸起來都不太一樣哦。

這不是自己一直在找的嗎？一個真正的新興中產階級城市。

這就是了。

他不知道自己還在遲疑甚麼。也或者，是對臺北的那點眷戀。

他答應對方最遲一週之內給他們答覆。

＊

夜裡，心血來潮，他上網找出約翰史特勞斯〈藍色多瑙河〉〈維也納森林〉這幾支五、六〇年代在臺灣曾經一度膾炙人口的曲子。復古的旋律瞬間將他帶回到坐在灰藍盒子留聲機旁的聆聽時光。

那個一度掠過腦子恍惚的幻影場景驟然再現——在遠久音樂記憶的煽動下敗部復活，奇蹟般恢復為栩栩如生的具體回憶。

在那個去醫院探訪未果的下午，幸子帶著他七彎八拐來到一間低矮的房子裡。當他緩步進入室內，狹小的客廳裡正放著一張唱片，播放的曲子，不正是這支〈藍色多瑙河〉嗎？對哦，史特勞斯的這張唱片在當年盛行一時。

他無法不去回想當年屋中發生的那番景象。幸子急匆匆進屋後，逕自奔進臥室，他所看到那個臥床手臉包纏紗布的男子，究竟是誰呢？

從網上一本《中華民國影視歌壇名人錄1950—1975》的書中，他找到顧大涼的生平，敘述得還算詳盡，自然多半是顧的事業經歷。

【妻藍幸如】

藍幸如，那不就是幸子麼？他感到興奮莫名。

哦原來幸子的婚戀當年曾遭受莫大阻力，最終好不容易才結為連理。可以想見，幸子父母肯定堅決反對年輕姣好的女兒嫁給這麼一個無論年齡外貌都與她不般配的外省老男，搞的又是不三不四的電影，一切的一切都跟他們家庭背景文化傳統有著太大的差距。說不定，當年鋼琴老師也站在堅決反對這樁婚事的那一邊呢。

他來來回回盯著屏幕上的這一段，情緒無端激動起來。他幾乎可以看到當年貌美如花滿懷夢幻的幸子，如何義無反顧奔向顧大涼的懷抱。

他為她感到惋惜。

接下來的事，就更讓他錯愕，簡直難以置信。

甚麼？幸子曾當過女演員？

是為了不辜負自己的美貌而跑去當演員的嗎？就像許多年輕漂亮的無知少女那樣。但看來她並沒演多少戲，搞不好根本還沒機會演上，可能剛一進影圈遇上顧大涼，立刻就被攫獲談戀愛結婚去了。

接著，文中說顧大涼靠著導演編劇和演戲的收入在臺北買了一幢克難房子。顧好交結朋友，為人熱情。當時有個小同鄉與他甚為投契，剛巧這位友人沒地方住，顧便邀他到家中客居。當顧忙於拍戲應酬，年輕的妻子竟和他這哥兒們發生不可告人的戀情。顧在盛怒之下拿刀砍殺了這名友人，幸未致死。顧因此被判入獄，婚姻也宣告結束。這件事在當時社會上喧騰一時，鬧得沸沸揚揚。藍幸如與那位友人的戀情，也因這樁情殺而終結。該男子傷癒後旋即結識新女友並與之結婚。

哦，喔……

他簡直有些無法承受連番而來的錯愕與驚愕。

良久，才回過神來。

那該是怎樣一個可怕不堪的場面？顧大涼手握菜刀發瘋樣的不停朝那個男人的臉面砍去，男子以手遮擋，鮮血不住噴流，混合著男人憤怒的嘶吼哀號以及幸子的哭喊尖叫。

他呆呆的想，要是幸子不曾自恃美貌去當演員，也不可能遇上顧大涼，命運就會完全不一樣了吧。

多少年來他在姊姊告知顧大涼是因「匪諜罪」而坐牢的錯誤印象中，如今才知，原來是情殺。

然而姊姊又是如何得知這樣一個錯誤消息的呢？或許，彼時因匪諜罪坐獄的事時有聽聞，才讓年幼的姊姊牽強附會產生這般推論的吧。

幸子坐在包纏紗布男人床前的印象再度浮現。她那樣專注的看著他，親手為他端來一碗茶亦或湯。躺在床上的男人不住哎哎唧唧。

那男人真愛幸子嗎？

若是真愛，是不會被幾道刀傷就嚇退縮的。更何況，幸子為了他背棄婚姻。難道他對她只是一時的意亂情迷，「有花堪折直須折」嗎？

他想起幸子那日的焦慮，對受傷男人關愛的神情。她確實愛上他了。哎她怎麼可以愛上這樣一個對感情不負責任的傢伙呢？

久遠之前，星期六下午的練琴聲中，從二樓的窗口看著幸子走進社區，走入他的視線。有時她打一把小陽傘，順著那條馬路走進隔鄰栽植的葡萄架下，一路跟著她是太陽塑成的陽傘的黑影。

總有數秒鐘吧，她和她移動的黑影被伸展出院外的葡萄枝葉與藤鬚隱沒。之後，再從扶疏的葡萄枝葉和藤鬚中出現。

他蹲坐窗邊，數著圓牌或玩化學小人兒。等待著。在琴音的流淌聲中，等待她再度出現。

果然，她來了，進入視線那一刻，他心狂跳，突然她又消失在濃蔭藤下。一兩分鐘後，他聽見她上樓的腳步。接著是電鈴。他跳起來，搶著去開門。

是她，果然是她。

好乖。她說，對他盈盈一笑。有時會摸下他的頭。

他想起幸子豐厚的，栗色的，燙成大波浪捲的短髮。她彎腰掃地不小心露出的胸波。他是那樣的害臊驚愕以及從未有過的心動。她綢緞般的優雅，掩藏不住動人的，泉水般的青春。溫婉中不失稚氣與淘氣，彎彎的眉毛覆著淺褐的美眸，笑起來時嘴角牽動兩腮呈現美麗的豐盈弧線。

然而一個美麗女人的命運那麼容易毀損。特別是在戰後由落後掙扎著走向文明的社會裡。

他為她嘆息。

她應該嫁給一個真正的藝術家，一個風度翩翩情操高尚的人。對，一個像蕭邦或巴哈那樣的人。

他無法不去想鋼琴老師，他著白衫的寬肩，有點駝背，俯首琴前全神貫注的背影。激動時，雙肩聳動搖曳著身軀，掀起浪濤般壯闊波瀾的音潮，雄渾激越拍打礁岩迎面而來，一陣強似一陣，撞擊爆出漫天碎裂的浪花。

他感受到鋼琴老師的激情，或許是激忿，鬱結甚或怨懟。

也許，他原本或可成為一個鋼琴家的，也或者那曾是他年少的夢想，卻在太平洋戰後的大環境中被迫去學了經濟和會計，終其一生當一名銀行僱員。

他從出生即受日本教育，少年時二戰結束，突然之間臺灣易主了，換了政府，改了語言，改變國家的認同。他應當高興才是，不用再當次次等公民了，但在喜悅退潮之後，他卻有些微的失落和說不清的迷惘。大量外省人的湧入，說著他們聽不懂的鄉音，帶來既熟悉又陌生且具有絕對優勢的內地文化，對這個新語言和文化的不上手讓他感到些微的困頓和自卑。二二八事件後，他們對政府的不信任和不滿加深，整個大環境是壓抑的，反共戰爭的陰影持續。不用說，他的人生也是抑鬱的，年輕的夢想早已被家庭的責任取代。

同時，他的幼弟妹們卻在這個新的時代中成長起來，不僅擁抱戰後新世界，更允許去追逐自己的夢想。卻沒料到，花朵般青春姣好的幼妹會錯愛上兩個外省男人，還是那種，唉，在他看來就是倆不學無術的藝術痞子，渾身上下無一可取。只能騙騙幸子這樣年幼無知的少女。她卻認為是在追求藝術與愛情，執意為之，於是一個失誤連接另個更大的失誤，就這樣，一連串的失誤毀了她。

他還能說甚麼或做甚麼？他只能彈奏，將自己深埋其中，用盡可能嫻熟的技法詮釋天籟之音，一曲接著一曲，在窮其一生都彈奏不完的天才樂章中消磨年華。他把自己化身為鋼琴，化身成樂曲，告白無可逃遁的內心，不管是激情激忿以及一切情緒的高昂和晦澀。

他回想起他們坐在老師家客廳聆聽彈奏的時光。幸子，葳葳，他和他姊，老師太太，甚至上下樓的孩子和其他學生都來了。

他們彷彿是一組療癒團契，各自懷著不為人知的鬱結和愴傷，從音樂中獲取心靈的慰療。

但其實他們更像一群荒漠中的落難者，圍靠火堆僅有的一點光熱，相互呵搭著取暖。當年那一張張在音樂中載浮載沉的臉龐，隨著旋律爬升，牽引，墜落，漂浮。被催眠的臉龐，無主而沉靜，迷失。但是美妙。

29

小哥說對了，命運要翻篇，只能順著讓它去，擋是擋不住的。

我決定換工作了，搬到新竹去。

你那官司呢？還打嗎？

都已經翻篇了。

你不準備告個水落石出嗎？把所有積欠你的公道全都一一討回來？

對啊。他突然拗上一股傻勁，必須給自己一個交代。為甚麼不？有啥可怕的？

於是他說風便是雨，想到做到，拿起手機來就撥號。沒料到的是，電話竟然馬上接通了。

一聽到阿江的聲音他忽然不知怎的說不出話來。所有過去的一切之一切群起湧上，歷歷在目，跑馬燈似的在眼前一一輪轉。他被這些差差軋軋蜂擁而上的記憶影如大浪般吞沒，竟然無法開口叫嚷，儘管內心風起雲湧恨不得立刻挾三帶四劈頭上臉向對方發作。在大口喘氣鎮定住，吞吞吐吐說出自己是誰後……

不想，對方竟然把電話掛了。

掛了！

他愣了幾秒，完全猜不透是怎麼回事。掛了？掛了……

不想再費事思索，他按下重播鍵。

對方繼又掛斷。

他再按。

再掛斷。

這樣幾次以後，電話的嘟嘟之聲在空氣中迴盪，好比空山回音。

他回想起在搭高鐵途中那個針對阿江情緒化的荒謬夢境。人都說夢是相反。看來此話還真有幾分可信（即使毫無根據）。

對歐。想想也是，阿江幹嘛要接自己的電話？他根本毋須對自己做任何解釋，已經惹了一身腥，再扯下去恐怕就更說不清了。精明如阿江者，哪能再蹚這趟渾水？

待他細細琢磨，阿江到底做了甚麼？又欠了他甚麼？好像，還真沒有。似乎，連個解釋也不欠。核桃那裡發生一切的一切，其實，說到底，跟阿江並沒直接的關係。

真的嗎？真沒關係嗎？

是夜，無預警地，他收到阿江發來的一條短訊網鏈。電話屏幕上赫然出現頭戴斗笠身穿白衫的核桃。背景看不出是哪。核桃對著鏡頭說（像是有人在訪問）：

從前種種譬如昨日死。請不要再問我有關郭哥的任何問題。一個美麗的錯誤。是妳的錯誤嗎？是妳錯怪了他？

她眼一翻：別再問了好不好？我們今天是特地來支援公投入憲的。對，公投入憲吶。你們不要策略性的模糊焦點好不好？臺灣就是有這麼多人特八卦，三八，不來攪個局出風頭就會死一樣……

他趕緊將網鏈關閉，深怕會聽到核桃罵出甚麼不堪入耳的話來。

他還真給搞迷糊了，她以前不是還參加過倒扁紅衫軍的麼？對啊。怎麼？

他終於明白。只有將核桃一分為二，自己才有辦法得到最終的平靜。對，把晚餐之前與之後的核桃徹底分野，簡稱為前核與後核（一如西漢與東漢，北宋與南宋）。前核不幸被後核所謀篡，取而代之，此乃陰謀叛離的開始，亦是他遭厄運的開端。說不準後核還真就是甚麼蜘蛛精狐妖之類。亂世出妖孽，此話不假啊。

他回想那段經歷，黑暗荒謬真實到疼痛的境域，即使終於過去，疼痛卻仍在著，他不知道這傷何時才能結痂痊癒，或許這輩子都不能。根本，這事就不應該發生，更不該發生在自己身上！高漲的怨氣即將炸開，最後，他還是將之壓下了。

對。離開臺北，不再跟那裡有任何牽連。即使只短短幾十分鐘的車程，卻是兩個不同的世界，足以擺脫阿江核桃以及纏繞自己的荒誕醜聞，開始另一個嶄新的生活，不用擔心碰到熟人（除了魚肉之外，但他卻沒在怕）。另外，那裡的房價是臺北的一半甚至還不到，完全可以在指標性的社區買到一個高樓層、七八成新、兩廳二至三房、二十五坪上下的單位，包括停車位。是的，他還能有餘錢來買車。

站在新市的車站廣場前，他忍不住大聲說出來：到了這裡我才發現，其實就是我一直要找的地方，一個真正中產階級的城市。有完善的社區設施，有一定比例的公園兒童遊樂區籃球網球足球場，還有，你知道嗎？每個大廈頂樓都有護欄……

他夾七雜八整盆傾倒：不像我們從前，那什麼狗屁倒灶新中產社區。對，我們的鄰居曾媽，實在沒想到欸。曾弟說他爸另外還有一個家，這就是為甚麼曾爸總是晚歸，而且很少在家吃飯，因為他已經在元配家吃過了啊。

你到底想說甚麼啦？小哥不解。

我的意思是，原來所謂的新興中產階級，唉，真是沒啥了不得的，都是自己附加價值的想像。所有階級全他媽的一個樣，根本沒差啦。

小哥豁然笑道：就你傻耶。

是的，他也覺得，自己真傻。

*

舊曆年的除夕，他謝絕了姊姊年夜飯的邀約，搭車去看母親。

看護中心格外冷清，很多老人都被家人接回去過年，看護也都走得差不多了，只剩寥寥幾個外勞守在那裡。

記憶中母親不愛過年，不光過年，過節也是。她總找個藉口發脾氣，皺起眉頭，一臉寒氣，看得他們好生害怕。

父親一見這光景也不住嘆起氣來：唉，好好一個年給弄成這樣。他重重嘆息，一甩手：唉，真是。索性跑上頂樓去抽菸。

姊姊說，媽心情不好，她想大陸上的外婆，她想家了。

母親鎖著眉，一人獨坐房裡。她良久不語，亦不流淚。但比流淚更讓人感到害怕。

他進去的時候，一個外勞正幫母親梳頭。她遞給母親一面小鏡。
外勞說：看看，漂不漂亮？
母親對鏡細瞧。忽然說：這不是我，這怎麼會是我呢？
他和外勞面面相覷，不知該怎辦。
母親又對著鏡說：這裡。她用手指著自己的眉心：我本來有一道紋的，人說，說那是甚麼了？
她縐起眉頭，一臉的糾結。
他見狀急急一個箭步上前搶了母親手中的鏡子。湊上前趕緊打岔：
我是老么啊。走，走，今天過年我們出去吃飯。
她不聽。繼續叨唸：人家說，主大凶哦。
拿鏡子來給我。她說：拿來！
他們沒給她。她久久不再說話。不肯外出，也不吃飯。她糾結著眉心，兩眼發直，臉龐僵硬。
難道她記起來了？亦或，終究未曾忘記。

＊

那是三月底一個天氣晴好的週末。

周日母親照例去美容院做頭髮。一切都如既往，唯一不同的是父親不在了，他已離家一年多。

他離家後頭一個過年，年初一他帶他們去東門一間西點麵包店的樓上吃西餐。他拿出三個紅包來，他們高興的收下，之後便不知該說些甚麼了。一種奇異的陌生空氣在他們桌子的上空凝斂。父親似乎也在搜盡枯腸想找話說。

過了年你就上三年級了。他對小哥說。

我現在已經是三年級了。

我是說過了年你就十歲了。

不是，要到六月過生日，那時候我才滿十歲。小哥說。

父親不再說甚麼了。他不住看著姊姊，說：長好快，一下子高出來好多。

姊姊沒說話，低著眼皮靜靜喝湯。

他對老么說：我不在，沒人給你唸書講故事了。

現在我自己都能看。不需要你講給我聽了。

他沉默下來。之後似乎還說了句：你們夠不夠？多吃點。

要走的時候，他特意提起興致抬高聲調問：要不要買條土司帶回去？還有黃油和果醬？

他們異口同聲說：不要。

第二個新年，他沒來。母親沒提，他們也沒問起。好像這個人已經不存在這個世界上。

那是三月底一個天氣晴好的週末。

周日母親照例去美容院做頭髮。

小哥提議上頂樓去玩。

媽說她不在家誰也不准上去。

為甚麼不行？

因為……，反正媽說不准就是了（他沒說出來的是，以前都是爸帶我們上去，現在他不在了，一切只能等媽回來再說）。

我要去。

那你自己去。

媽回來你趕快來叫我。

他獨自下跳棋玩。

他的棋譽最是惡名昭彰。下不過就賴皮，悔棋，再不行就掀棋盤，實在逼急了或惱羞成怒還可以動手打上一架。

這會他假裝紅棋是姊姊綠棋是小哥，他把紅綠棋子倒行逆施亂走一通，最後肯定是他的黃棋通盤大贏。只是這樣搞上幾回以後，就感到沒意思了。

遠遠的，他看見母親從馬路上打著洋傘走來。

他趕緊飛快爬上樓梯去叫小哥。

頂樓風好大。小哥正跟隔壁棟的兩兄弟放風箏玩。

他大聲喊他。

形似魷魚的菱形風箏搖頭擺尾往天空上竄，手握風箏的小哥拼命跑著放線。

小哥笑著，好高啊。

他再叫小哥，奮力搖晃雙臂：媽回來了！
媽回來了！
隔壁棟那兩兄弟在後追趕。
他抬頭看那飛得越來高越來越小的風箏。哇真的飛好高喔。
突然只見風箏忽地往下墜去，同時打雷似的砰通一聲撞擊。
稜形風箏卡在屋頂上。
小哥呢？
小哥！
他本能的轉身奔下樓去，三步併做兩步跳躍奔下階梯。他奔出樓梯間，奔上馬路。
小哥俯身倒臥路中央，紅黏的血液在他身子底下湮出好大好長一片，並且不斷在繼續的擴大。
隔棟那兩兄弟發狂似的衝下來，跳著躍著叫著哭著喊著。
越來越多的人聚攏過來。這時他看見母親了，他衝過去死命抓住她，哆嗦嘴唇不知叫喊甚麼手指地上的小哥。
母親衝到小哥身邊要將他抱起。突然有人竄出來攔住了她。不行啊，不能動，要是骨頭斷了就接不起來了。等救護車，等救護車來！

事實上是，小哥已經死了。當他從沒有護欄的公寓頂樓墜下，頭顱直接撞擊到柏油路面時，腦門撞裂開來的那一剎那，他就已經死了。

他已不記全接下來那幾日發生的事，走馬燈似的亂亂慌慌由醫院停屍間殯儀館到出殯到火葬場。他只記得靈堂上小哥的那張黑白照，笑得頑皮，露出大大兩顆門牙。那是他學生證上的照片。他們班上的同學和老師都來了，低著頭三鞠躬。父親一定也在，但他卻沒有明確的記憶，就像他不記得靈堂上的母親和姊姊一樣。

幾日後他和姊姊回到學校上課，媽媽開始回復上班。生活必須繼續下去，時間不允許他們停留在慘劇發生的那個點上。

吃飯時母親叫多擺一份碗筷。然後她就哭了。

他們見如此光景，也都哭了。

母親是個極少掉淚的人，小哥的死她卻哭過若干次。但她很快把眼淚擦乾。一言不發開始吃飯。

良久，姊姊突然愣愣說：如果有人陪他上去，就不會出這樣的事了。

她沒直接說出「爸爸」。

許久，沒人接腔。

母親指著自己眉心中央一條豎著的深紋：以前有人跟我說過，這叫殺子鍵（劍）。這條紋，主著兒子大凶。本來我還不信。

其後多次，每一講到小哥的死，便聽母親這樣說。她跟她的朋友們說，跟鄰居們說，跟她的同事去說。她指著自己的眉心：這都是命中註定的。

*

他上到頂樓。一零一光彩閃耀璀璨逼人的跨年煙火如噴泉般絢麗四射，感覺幾幾乎要噴濺到身上來。

他一陣暈眩。心中怦然警示：不能夠上頂樓。

他開始嚎叫小哥。小哥！

他大聲喊著，可四顧茫茫。沒有人回應，更沒小哥的蹤影。

瞬間，他像被甚麼東西在內裡緊緊匝住，幾乎無法呼吸，險些踉蹌倒下。

然後他開始像一個跳低欄選手那樣，向著大樓的邊緣全力衝刺。

就在他猶似跳樓的瘋狂舉措被護欄彈撞倒地之後，亟力忍住劇痛的側臀和下肢，在聚攏圍觀人群的異樣注視下，勉強站起，一拐一拐趄趄趔趔走到一扇門口，推開進去了。

他直接在樓梯間裡崩潰。歪倒撞牆，滑下攤倒梯階上，掩面嚎啕。

像他少年時不止一次坐在磨石子梯階上那樣，不能抑遏的痛哭失聲。他雙臂交叉緊緊抱著兩腿，將頭埋在兩膝間，痛苦的縮成一個球狀，嘔心嘔肺的抽搐。

他要把內裡的那個痛一次大力的哭個夠，包括所有囤積的抑鬱委屈祕密和悲憤，一次性的悉數哭訴淨盡。

他看見舊家的樓梯間，自己霹靂風火般三步併作兩步衝下去，衝上大街。

小哥俯身倒臥路中央，紅黏的血液在他身子底下湮出好大好長一片，並且不斷的繼續擴大。

頓時，他失去了所有正常運作的能力，包括嚎哭和站立。

他又看見那個蹲坐梯階哀慟哭泣的自己了。月光透過高高的玻璃窗漠然照在他抽動的背膀上。

他仍舊是當年坐在舊家公寓階梯上的那個少年，感覺磨石子地的冷硬與冰涼。他緊抱自己的雙臂和膝蓋，將身體緊縮擠壓，但是哭泣仍舊機械化的將身體驅動為一波波的抽搐。

玻璃長窗透進的濛濛天光默默照著他的脊背。

隨時會有人走上或走下樓梯。怎麼啦？小弟？人們驚詫道，隨即便猜到了原委。

*

多年後，母親聽從了姊姊的建議去注射肉毒桿菌。

那道懸在她眉心中央，有如一把利刃的深紋，就這樣魔術般從她臉上消失了。

他們圍坐桌子，看母親的一些舊照。

她那樣微微笑著，他一貫熟悉的微笑，頰邊隱隱顯現狹長的笑渦，眼光溫柔，但有些空，不著家似的，眉宇間分外平坦，不見一絲皺紋。不知怎的，這張大頭照讓人覺著陌生，不帶溫度。熟悉的是這件旗袍，他記得極清楚，抽象的，淺銀藍相間的花道。

四姐還是穿套裝好看。表姨說：穿旗袍，反倒掩蓋了她的氣質。

這張，來了。她穿著套裝，梳著類似香港女星的俏麗髮型。一時間，他彷彿看到當年神采奕奕格登格登走在新興社區馬路上的那個成功得令所有人稱羨的母親。

還有這張。姊說。

她著薄紗長裙，一點不顯年紀。抿嘴微笑，眼神流轉著生氣。嫵媚？也不完全是。幸福來臨與幻想著幸福降臨之間的一種滋潤；陽光照耀小草沾滿雨露的滋潤。這一定是在某次家庭舞會上拍的。他訝異一張照片竟能洩漏那麼多的東西。

還有一些零星黑白舊照，澎湖中學時代的照片，全體師生，人小到看不出誰是誰來。即便如此，仍舊明顯照見那狂吹的海風，如此野大。

他看著她少女時代與同學的合照，不意露出下面褲管的那張。年歲久遠，相片上幾乎已不見任何細處。他想著她在那個惡戰殘酷的年代，走親戚家，臨行帶上一包炒過的粗鹽，溫熱的鹽如盤纏般擱在腰間。

她只能有一包炒過的鹽帶在身上。一包粗鹽。回到宿舍，拿出來，每餐就著學校廚房的饅頭，分配著吃一點點。

這時，他的眼前模糊起來，淚水再也忍不住了。

30

他乘電梯上到頂樓，在高樓空中豪爽的風中信步走上青石步道。

這堪稱是座設計不俗的花園。大朵大朵美麗的勁草和灌木，匍匐生長在鵝卵石上的奇花異草，花崗岩砌成的花壇以及噴泉流水。

一個真正的空中花園。

站在這兒，能俯瞰瀏覽整個新竹市區甚至市區以外。還不只這些，有一整面玻璃和天窗的健身房。頂樓的周圍是透明材質和鋼骨圍起的護欄。

他有些不可置信似的，環顧周遭。真的嗎？這裡就是自己的新家了嗎？

其實他想要的，也並不完全是這些。他感到嘴拙語塞，說不明白。

假日早晨，馬路邊燒餅油條攤子上的早晨。空氣中流動著淡淡風意，簡單的豐足，人情世道。他和小哥在馬路邊的燒餅油條攤上吃完早飯，抹抹嘴。

走，去大木頭上玩！

他們爬上堆疊的大木材堆。爬上爬下，追逐，躺臥，說胡。

小哥笑得露出大大兩顆門牙。突然向他眨眨眼，翻過木頭，就此不見了。沒有電影上那樣突然湧現一片四下霧茫茫。畢竟，真實世界的迷惘才是真的迷惘。頂樓的風有些勁道。花壇與灌木，噴泉花崗岩依舊。

*

其實，他早知道的，尋找父親並沒那麼困難。從沈叔徐叔那兒多方打聽打聽，再不然，到區公所查一下，肯定能有下落。

他明明知道，卻一直沒有行動。啤酒屋中的屢次等待，不過是通過不同文字與異域的影射形塑出來的想像以及浮現他內心的某種渴望；不只渴望想同父親相認，更想要結識他，認識他這個人。

可現在這些對他來說，都已整個過去了。

他暗自估掂自己當下的生存狀況，總算是，他能合理的知道懼怕高度。他告訴自己，或許應該常來這個頂樓逛逛，以便克服那個時不時想要從高處躍下的恐怖衝動。他告訴自己，頂樓代表的就是頂樓，不再意味著慘劇和殤慟。

然而，不知怎的，他還是不能放下。他又回到那個在路口徘徊；有如一個走失孩童那樣失措的自己。不斷反覆琢磨，不瞭解父親為何從未找過他們。

他意欲發作，像過去那樣拗上一股執著。

卻又兀自平復下來。

他一定有他的理由罷。

其實他早該知道的。

從父親離開那間公寓起，他就已經徹底的離開了。

國家圖書館出版品預行編目資料

尋宅 / 裴在美著 .—
初版 . -- 臺北市 : 聯合文學 , 2019.06
372 面 ;14.8×21 公分 . --（聯合文叢 ; 648）

ISBN 978-986-323-308-4（平裝）

863.57　　108008828

聯合文叢 648

尋宅

作　　者／裴在美
發 行 人／張寶琴

總 編 輯／周昭翡
主　　編／蕭仁豪
資深美編／戴榮芝
業務部總經理／李文吉
行銷企畫／邱懷慧
發行專員／簡聖峰
財 務 部／趙玉瑩　韋秀英
人事行政組／李懷瑩
版權管理／蕭仁豪

法律顧問／理律法律事務所
陳長文律師、蔣大中律師

出 版 者／聯合文學出版社股份有限公司
地　　址／(110)臺北市基隆路一段 178 號 10 樓
電　　話／(02)27666759 轉 5107
傳　　真／(02)27567914
郵撥帳號／ 17623526 聯合文學出版社股份有限公司
登 記 證／行政院新聞局局版臺業字第 6109 號
網　　址／http://unitas.udngroup.com.tw
E-mail:unitas@udngroup.com.tw

印 刷 廠／沐春行銷創意有限公司
總 經 銷／聯合發行股份有限公司
地　　址／(231)新北市新店區寶橋路235巷6弄6號2樓
電　　話／(02)29178022

出版日期／ 2019 年6 月　初版
定　　價／ 390 元

NCAF 國|藝|會 本書獲財團法人國家文化藝術基金會創作補助

ISBN 978-986-323-308-4（平裝）